푸른사상
시선
106

새벽에 깨어

여국현 시집

푸른사상
PRUNSASANG

푸른사상 시선 106

새벽에 깨어

인쇄 · 2019년 8월 12일 | 발행 · 2019년 8월 19일

지은이 · 여국현
펴낸이 · 한봉숙
펴낸곳 · 푸른사상사

주간 · 맹문재 | 편집 · 지순이, 김수란 | 마케팅 · 김두천
등록 · 1999년 7월 8일 제2－2876호
주소 · 경기도 파주시 회동길 337－16(서패동 470－6) 푸른사상사
대표전화 · 031) 955－9111(2) | 팩시밀리 · 031) 955－9114
이메일 · prun21c@hanmail.net / prunsasang@naver.com
홈페이지 · http://www.prun21c.com

ⓒ 여국현, 2019

ISBN 979－11－308－1452－0   03810

값 9,000원

푸른사상 시선 106

새벽에 깨어

먼 길을 돌아오며 잊힌 줄 알았던 내 그림자들.

시가 세상을 바꿀 수 있을 것이라는, 그래야 한다는 크고 곧았던 믿음은 한때의 찬란하던 빛을 잃었지만, 혜화동 지하 극장에서 바위 같은 손을 내어주면서 삶이 시가 아니면 시를 쓸 생각은 하지 말라시던 작고한 시인의 말은 여전히 마음속에 자리한 크고 육중한 바위다.

내 삶이 시가 된다고 자신하지 못하는 부끄러움은 여전하고 뭐 그리 드러낼 만한 삶도 아니다. 그러나 돌멩이 하나 풀 한 포기같이 툭툭 차이는 그런 무수한 삶 없이 세상 있을까. 그런 나와 내 이웃들의 삶에서 나오는 숨결 같은 시가 되기를 바란다.

다솜이와 은지를 만난 것은 내가 이 세상에서 받은 최고의 축복이다. 그 축복과 함께 지금의 나를 있게 해준 사람, 정림에게는 늘 미안하고 항상 고맙다.

과분한 길을 손잡아 첫 걸음을 걸어갈 힘을 주신 백무산 선생님과 맹문재 선배, 그리고 시집을 보듬어준 푸른사상사 한봉숙 대표님께 감사드린다.

2019년 8월
여 국 현

| 차례 |

■ 시인의 말

제1부 걷다, 길

제2부 　사랑한다는 것은

제3부 내 그림자

제1부

걷다, 길

화살

서늘한 가을 아침
진홍빛 단풍나무 사이
무수한 화살들이 날아와 내 가슴에 꽂힌다

누가 쏜 화살이기에 이리도 감미로운가
어이 날아오는 화살이기에 피할 수도 없는가

나는 기꺼이 그 화살의 과녁이 되어
가슴에 꽂혀오는 무수한 화살을
기쁘게 받아들인다

가장 멀리서
가장 곧고 가장 빠르게 날아온
화살 하나
내 심장에 비수처럼 꽂힌다

진홍빛 단풍나무
내 가슴의 피로 붉디붉게 물들있다

새벽에 깨어

비바람이 치는 새벽
잠든 아이들의 방문을 열어본다

나란히 모로 누워 다리까지 같은 모양으로 올리고
두 아이 함께 잠들어 있다
얼마 만인가
나는 또 얼마 만인가

아이들이 어렸을 때
같은 모습으로 새근거리며 잠든 모습을 보며
아이의 발가락을 가만히 잡고 있으면
눈물이 났다

무엇도 시작할 수 없을 것 같던
열아홉 절망의 봄
바람에 맡기듯 나를 맡겼던 어두운 바다
집어등 환하게 밝히며 나서서
새벽 어스름을 등지고 조용히 돌아오던 고깃배
위에서 흔들리던 삶은

경건하고 두렵고 눈물겨웠다

아이들이 어렸을 때
잠든 아이의 발가락을 가만히 잡고 있으면
그 바다가 전하던 심연의 침묵이
웅웅거리며 들려오곤 했다
그 소리에 잠겨 유영하다
손가락 끝으로 전해지는 온기를 타고
그만 아이의 꿈속으로 들어가고 싶었다

늦겨울 비바람에
마음이 흔들리는 새벽
가만히 열어본 아이들의 방
두 아이는 곤한 잠 속에 빠져 있고
나는 잠든 아이의 발가락을 가만히 잡고 있다

경건하고 따스하며 눈물겹고 두렵다
잠든 아이의 맨발을 통해 전해오는
삶은

주목과 바람

어둠 속 잠 깬 새벽이면
알 수 없는 바람소리가 들렸다
환한 낮의 거리에서
그 소리 눈발과 함께 세차기도 했다
사람들 사이 떠들썩한 저녁 환한 불빛 속에서도
그 바람소리 멈추지 않고 커졌다
몸도 마음도
보이지 않는 그 바람에 흔들렸다
숨 쉴 때마다 싸한 기침을 내뱉듯
바람은 안팎으로 내 몸에 가득했다

눈보라 세찬 태백산
주목 앞에 서서야 알았다
내 몸과 마음을 휘감던 그 바람
그 주목 앞에서 내 이름 부르며 웃고 있었다

천 년의 고목과 천 년의 바람이
나를 보며 웃고 있었다

길고양이, 울다

위 세척액을 쏟아붓고 검사를 기다리는
아버지를 병실에 두고
비에 젖은 수북한 은행잎을 밟으며 돌아 나오는 길
짙어가는 어둠 속에서
길고양이 한 마리가 나지막하게 울었다
눈비에 젖은 고개를 두리번거리며
작고 가느다란 소리로 연이어 울었다

아버지가 지금 내 나이였을 때
고등학교 졸업을 앞두고 입원한 큰아들
병상 옆에 술 취해 쓰러져 자던 아버지도 그리 울었다
어두운 병실에서 길고 낮게 밤새 계속되던
아버지의 울음소리는 탁한 강물처럼 뻑뻑했다
병실에는 아버지의 술 냄새가 밤안개처럼 자욱하고
구부린 무릎 아래 뒤틀려 벗겨 구겨진 구두와
복숭아뼈까지 엉켜 흘러내려간 양말이
철제 침대 난간 사이로 애처로웠다

밤새 뒤척이며 들었던 아버지의 울음은

엉킨 양말만큼이나 풀 수 없는 수수께끼였다

입은 채 잠들어 구겨진 아버지의 나일론 바지만큼이나 비루한

돌이킬 수 없는 시간에 대한 궁색한 변명 같았다

간호사들이 들락거리듯 규칙적으로

미움과 애처로움이 번갈아 내 마음을 헤집어놓았다

아버지의 호흡 거칠어질 때

링거 바늘의 날카로운 아픔이 팔목 정맥을 쑤셔대고

아버지의 울음소리 잦아들 때

매운 연기 같은 연민이 수액을 타고 심장까지 흘러들었다

병실 동쪽 창이 흐릿하게 밝아올 때까지

나는 아버지의 울음을 등지고 몸을 뒤척였다

새벽녘 아버지는 조용히 일어나 나갔다

나는 말하지 않았다

아버지의 길고 낮은 꿈속 울음에 대해

밤새 뒤척였던 내 불면의 시간에 대해

새벽녘 병실을 나가기 전

내 어깨 위까지 담요를 덮어주고

잠시 머뭇거리다 스쳤던 아버지의 손길에 대해

비틀거리며 나가는 아버지 그림자 뒤를

머뭇거리며 따라 나가던 내 마음속 미움과 연민에 대해

병실 한 켠 가득 고였던 내 침묵의 울음에 대해서도

나는 말하지 않았다

삼십 년의 시간이 흘렀다

병실에 누워 있는 아버지는 여전히 모를 것이다

그때 아버지 울음을 듣던 나를

그때 아버지를 따라 울던 나를

지금 저 고양이처럼 울며 걷는 나를

나는 아직 말하지 않았다

길 위의 잠

마을버스를 타고 운동장을 지날 때마다
고개 숙인 채 졸고 있거나
입 벌린 채 잠들어 있는
그를 본다

사람들은 힐끔거리며 그의 앞을 지나고
더러는 머뭇머뭇 앞에 놓인 좌판을 살피기도 하지만
누구도 그의 잠을 방해할 용기를 갖지 못한다

좌판 위 소쿠리 속 아직 수북한 채소며 과일들이
귀찮은 듯 더러 사람들의 눈치를 보다가도
이내 저희들 이야기로 두런대느라 분주하다

신호가 길어져 버스가 멈춰 서고
나는,
그만 그의 곤한 꿈속으로 걸어 들어갔다

길게 혹은 짧게 끊겼다 이어지는

그의 긴 숨결을 따라 걸어가는 길 위에
때로는 푸른 강이
때로는 짙푸른 하늘이
때로는 서늘한 바람이 나타났다 사라지고
강어귀에서 마을까지 한달음에 달려가는 아이
등 뒤로 무지개가 보일 듯 말 듯 걸려 있다

아이는 어느새 어른이 되고
어른이 된 아이의 등 뒤로
저녁 어스름의 그림자가 길게 늘어섰다

기쁨도 아픔도 잠시 잠깐
하늘 한쪽 붉은 빛이 번쩍 일었다 사라지고

덜컹,

머리 한 켠이 욱신거린다
세상은 다시 제 길을 간다

버스가 신호등 아래를 지날 때
잠결 그의 손이 허공을 한 번 스윽 훑더니
입가의 마른 침을 닦아낸다

무지개였을까
어스름 그림자였을까
그가 닦아낸 것은

길 위의 잠
그 꿈속에서 목이 메다

겨울 산행

마음속 바람에 떠밀리며
가라가라 수월하게 오른 산마루
바위 비탈 아래 산허리
가을과 겨울이 따로 있다

햇살은 바위 위에 잠시 머물다
바람에 날려 뿌옇게 흩어지고
바람에 놀란 사람들은
햇살보다 더 빨리
골짜기 아래로 사라져갔다

사람들의 숲은 아득히 멀고
길은 끊겨 허공만 지천인데
가라가라 보채던 마음속 바람은
매서운 산바람이 되어
다시 가라가라 재촉한다

바람 타고 활강하는

겨울새의 자유로운 비상은
내려갈 길 나서지 못한 마음에
벼린 칼자욱을 남기고
겨울 산허리를 지나 사라지는
붉은 그림자에 가슴마저 베이다

겨울 산허리의 길은
산 뒤편으로 끊기듯 이어지고
그 길 돌아 나온 한 사내의 망설임

시간이 멈추듯 바람도 잦아들고
비상하던 새도 바위틈에 날개를 접었다

사내의 선택은 옳았다

어둠은 예고 없이 오고
그림자는 문득 사라진다

가을 산을 올라

겨울 산으로 내려오면서 확인하다

모든 비상은

땅을 내딛는 한걸음에서 시작됨을

올라감도 내려옴도

내 발 걸음걸음으로만 날 수 있음을

마음의 바람이 산의 바람이

부추기고 밀어내도

오름이 다시 내려옴임을

내려옴이 다시 오름임을

아침 지하철에서

듣는다 　 듣는다 　 다는듣 　 잔다

본다 　 　 본다 　 　 다는듣 　 듣는다

본다 　 　 듣는다 　 다본 　 　 듣는다

듣는다 　 읽는다 　 다본 　 　 읽는다

잔다 　 　 듣는다 　 다는듣 　 읽는다

듣는다 　 듣는다 　 다는읽 　 듣는다

잔다 　 　 본다 　 　 다는듣 　 잔다

이른 아침 붐비는 지하철

모두 그렇게

혼자였다

고장 난 버스

퇴근 시간 길 한복판에서 버스가 고장 났다
운전사는 몇 번 시동을 끄고 켜다
미안하다며 승객들을 내리게 한 뒤
뒤따라오는 버스에 인계하고 또 연신 미안하다 했다
승객들은 대부분 말없이 다음 버스에 탔지만
한둘 불평을 내뱉으며 투덜거렸다
옮겨 탄 버스가 고장 난 버스를 뒤에 두고 떠날 때
버스 운전사는 어디론가 전화를 하고
버스는 길 한복판에 멈춰 있었다
다른 차들은 흔한 일인 듯 옆으로 비켜 가고
인도의 사람들은 힐끗거리면서 지나갔다
퇴근 시간 길 한복판에서 버스가 고장 나면
내려 뒤따라오는 버스를 타면 된다
인생 길 한복판에서 삶의 버스가 고장 나면
누가 누구에게 미안하다 할 수 있을까
누구에게 투덜거릴 수 있을까
길 한복판에서 고장 난 버스를 갈아타듯
갈아탈 삶 하나 있을까

그 사내

십이월 첫날 내린 눈이 얼어붙은
종강을 하고 움츠린 채 오르는
수원역 고가 계단
겨울 칼바람 아래
한 사내
길게 누워 있다

칼로 자른 빈 박카스 상자
고개를 숙인 사람들의 분주한 걸음
드러난 맨발 복숭아뼈에 하얗게 긁은 자국
왼쪽 얼굴을 반쯤 가린 헝클어진 반백의 머리카락
콘크리트 바닥에 엇갈려 머리 괸 오른팔 왼팔
죽은 듯 모로 누워 꿈쩍도 하지 않는 사내
고가 끝까지 올라가서 뒤돌아보다
휘청 흔들린다
질끈 감은 사내의 눈곱에 얼어붙은
굵은 눈물이 번쩍했다

발치께에서 가느다란 고드름이

빠른 속도로 고가 밑으로 떨어져 조각났다

찰나의 섬광을 남기고

나는 비틀거리던 몸을 가누고

망설이던 걸음을 옮긴다

몸 움츠리고 고개 숙인 사람들

그 사내의 굵은 눈물 조각이

내 발치에서 떨어진 고드름 조각이

명치에 깊이 박혀 자란다

겨울, 아침

1

밤새 눈이 내린 겨울 아침
쌓이지 못한 눈이 사람들의 발밑에서
서로의 얇은 살갗을 부비며
소리도 없이 눈물을 흘리고
가느다란 가로수 가지들 위의 눈은
위태로워 보였다
걷는 데 익숙해진 비둘기들은
장밋빛 인생 위에 일렬횡대로
앉아 있었다

2

두터운 오버 차림의 서넛
창 넓은 카페의 유리를 닦고 있었다
길고 넓은 술이 달린 밀개로
하얗게 거품이 일도록 비누를 칠하고
물을 뿌린 다음

얇고 단단한 스펀지가 달린 유리창 닦이로
아주 깔끔하게 유리를 닦고 있었다
차가운 겨울 하늘로 하얀 입김을 내뿜으며
가끔씩 창에 비치는 서로의 얼굴에 대하여
허튼 소리를 해가며
넓은 유리창을 닦고 있었다
길 건너편 버스정거장에서는
다리 없는 걸인이
언제나처럼 자리를 잡고
굳은 얼굴로
행인들을 침묵케 하고
늦은 출근버스에서 내려
바삐 걸어가는 고개 속인 사람들의 등 뒤로
유리창에 비치는 장방형의 하늘이
낮게 내려앉아 있었다
비둘기들이
붉은 건물을 배경으로
흐린 아침을 선회하기 시작했다

눈 녹은 겨울 아침 도시의 보도 위로

비둘기들의 그림자가

흘낏 번지는 듯했다

3

가끔씩은

그 겨울 아침의 유리처럼

그렇게

내 삶을 닦아내고 싶다

걷다, 길

1

어두운 도시의 거리를

날개 다친 새처럼 허위적거리며 걷다가

목덜미에 차갑게 내려앉는 물기에 고개를 들었다

몸에 착 달라붙는 파란색 원피스를 입었던 캐스터는 틀렸다

불길한 기운 가득한 지하 묘지의 입구처럼

사람들을 빨아들이고 쏟아내는 지하철 입구에

무리 지은 이들이 잿빛 하늘을 올려다보고 있었다

다들 무언가 예상치 못한 일격을 당한 듯

하늘을 보았다 땅을 보았다

몇몇은 맞은 편 버스정거장 쪽을 힐끔 거렸다

몇몇은 결심이나 한 듯 길을 나섰다

2

갈 곳이 있는 사람의 발걸음은 단호하고 가볍다

3

가볍고 단호한 걸음으로 어딘가를 향하던 때가 있었다
걸어가는 걸음의 한결같음을 의심하지 않았고
다가오는 길의 낯설음을 겁내지 않았다
가는 쪽으로 바람이 불어주지 않아도
좁고 어두운 골목에서도
두렵지 않았다
어디로 가는지 알고 걷는 걸음이었고
보이지 않아도 길은 있을 것이었으니

4

거리는 사람들로 북적이고
어둠은 더 깊어졌다
자동차 불빛들이 어지럽게 뒤섞이고
빗줄기는 점점 더 거세졌다
일기예보를 틀린 그 기상캐스터가

불안한 눈빛으로 내일의 날씨를 예보할 때쯤
멈추었던 길을 다시 나선다
더 이상 단호하지도 가볍지도 않은 걸음으로

5

눈앞의 길은 빗속에서 뿌옇고
마주 달려오는 바람은 얼굴을 따갑게 밀어대지만
걷는다
걸어야 한다
또렷하게 보이지 않는 어디로라도
어기적거리며 걷는 걸음으로라도 멈춤 없이
걸어야 한다
가볍고 단호한 걸음으로 걷던 시절이 지났더라도
길이 연이어 길을 내어주던 시절이 지났더라도

빈손

지하철이 막 도착한 승강장
복잡한 아침 지하철에 꾸역꾸역 접힌 사람들을
잠시 바라보다 돌아서 계단을 올라간다
그녀의 뒷모습이 기우뚱한다

가난에 쫓겨 대처로 올라간
언니 오빠의 소식이 끊기고
아버지마저 돌아가시던 해 그녀는
난생처음 본 남자의 아내가 되었다

어른거리는 호롱불 아래 족두리 풀고
날 밝기도 전에 들로 밭으로 다녔다
계절과 자연이 주고 가는 보리 순과 벼 사이
쑥과 감자순과 고추와 호박이 지천이었던 그때
조금씩 얼굴이 익어가던 남편과의 그 몇 년
그녀의 가장 빛나던 시절
아름다웠다

시간과 함께 두 아이는 먼저 세상을 버리고
남은 두 아들과 두 딸은 차례차례
자신들의 몸을 가눌 빈터를 찾아 대처로 떠났다
소작이 끊기고 술로 세월을 탓하기 시작하던 남편이
소주병을 들고 논두렁에 고꾸라진 채 발견된 날
달은 오지게도 밝았다
홀로 보는 그 달빛 견딜 수 없어
훌쩍 대처로 떠나는 버스에 올랐다

빈손으로 시작한 아들딸은 여적
제 몸 제 가솔 하나 제대로 가누지 못하고 뒤뚱거렸다
사지육신 멀쩡한데 짐 될 수는 없었지만
빼곡한 어디 한 곳 그녀 몸 맘대로 뉠 집 하나 없었다

둘째 아들 손주 녀석과 함께 쓰는 방
식전에 훌쩍 나와 어스름에 들어가지만
손주 녀석은 할머니 냄새 난다며 타박한다
가끔씩 손에 쥐어주는 꼬깃꼬깃한 천 원짜리도

그 순간뿐 손주 녀석은 언제나 투덜거렸다

넓은 곳이라 대처라도 내 갈 곳이 없었다

아침마다 지하철을 탄다

꼬깃꼬깃한 천 원짜리 두어 장이라도

내 손으로 만질 수 있는 유일한 소일거리

더 큰 이유는 어디서건 시간은 가야 하기 때문

그나마도 재바른 김 영감과 엄씨 할망구가 이 노선을 타
면서

시간도 천 원짜리 한 장도 내 맘대로 잡히지 않는다

오늘처럼 발 디딜 틈조차 없이 붐벼

차 안에 탈 수도 없는 날이면

통로의 의자나 계단 앞 쓰레기통의

몇 장이 전부였다

오늘은 그나마도 보이지 않는다

지하철 문이 닫힌다

빈손으로 계단을 올라가던 그녀의 몸이
한 번 더 기우뚱한다

사람들에 밀려 나도
기우뚱 한다

2016년 12월 3일

광장 가득 촛불

광장 가득 우리

광장 가득 분노

광장 가득 슬픔

광장 가득 절망

광장 가득 비애

촛불은 남녀를 가리지 않는다

촛불은 나이를 가리지 않는다

촛불은 지역을 가리지 않는다

촛불은 이념을 가리지 않는다

촛불은 내남을 가리지 않는다

촛불은 바람을 겁내지 않는다

촛불은 비난을 두려워 않는다

촛불은 절망에 꺼지지 않는다

촛불은 어둠에 밀리지 않는다

촛불은 믿음을 버리지 않는다

촛불은 희망을 잃지도 않는다

촛불은 역사를 멈추지 않는다

광장 가득 밝히는 하나 된 촛불
광장 가득 빛나는 하나 된 우리

2016년 12월 3일
광장 가득한 촛불은 소망
광장 가득한 함성은 역사
광장 가득한 우리는 희망

4월 그날

어릴 적 한여름이면 영산강 다리 위에서
강물로 뛰어내리며 놀곤 했다
화물차 검정 타이어 튜브를 탄 개구쟁이들은
다리에서 뛰어내려 물속에 잠겼다 솟구치며
숨이 턱에 차 솟아오르는 아이를
장난삼아 내리눌렀다 선심 쓰듯 놓아주곤 했다
차례가 되어 물속으로 곤두박질쳤다 올라오던 나는
튜브에 걸터앉은 다리들 사이에 눌려 버둥거렸다
버둥거릴수록 두려움은 커지고 탁한 강물이
폐 속을 채우며 달려들었다
역겨운 물비린내 속 죽음의 그림자가 다가왔다
누군가의 발목을 부여잡고 온 힘을 다해 솟구쳐 오르다
나도 모를 힘으로 튜브를 밀어내고 고개를 내밀었다
앞은 보이지 않고 숨을 쉴 수 없었다
강변에서 어른들 두엇 달려와 끌어낼 때
나는 자꾸 물속으로 들어가고 있었다
목과 뱃속을 태울 듯한 갈증이 폐를 찔러댔다
물은 물을 부르는 걸 그때 알았다

자갈 위에 비릿한 물을 토해내며 막힌 숨을 내쉴 때
백색의 여름 해가 눈부시게 작렬하고 있었다
오랜 세월이 지나도록 잊을 수 없었다
물속에서 버둥대던 죽음의 두려움과 공포
막혔던 숨이 뚫리며 비릿한 물을 토해내던 순간의 안도
그리고 아주 오래 꿈에서도 물속에 갇혀
허우적대다 흥건하게 젖은 몸으로 화들짝 깨곤 했다

4월 그날
진도 앞바다
그 꽃다운 아이들의 비극 이후
아주 오래 꾸지 않았던 그 꿈을 다시 꾸곤 한다
숨 막히는 죽음의 두려움과 공포보다
그 꽃다운 아이들에 대한 미안함이
무기력한 슬픔과 끔찍한 절망감이
심장을 태우고 폐를 가득 채워
꿈속에서 깨어나지 못한다

4월 그날

진도 앞바다

그 꽃다운 아이들의 비극 이후

다시 찾아온 꿈속에서

나는 돌아오지 못하고

탁하고 차가운 그 절망의 바다 속에

아이들과 함께 있다

작가의 죽음

"사모님, 안녕하세요

1층 방입니다.

죄송해서 몇 번을 망설였는데…

저 쌀이나 김치를 조금만 더 얻을 수 없을까요…

번번이 정말 죄송합니다

2월 중하순에는 밀린 돈들을 받을 수 있을 것 같아서

전기세 꼭 정산해드릴 수 있게 하겠습니다

기다리시게 해서 죄송합니다

항상 도와주셔서 정말 면목 없고 죄송하고… 감사합니다

-1층 드림"*

촉망받던 젊은 작가가 죽었다

밥이나 김치를 부탁하는 메모를

정갈하게 남겨놓고

배고픔과 아픔 속에 죽었다

기상 관측 이래 가장 추웠다는 겨울

더 춥고 고통스러웠을 마음으로

세상의 끈을 놓는 순간까지
그는 지인들에게 연락하지 않았다
지병이 갉아먹은 육신의 고통
밥과 김치를 부탁하는 절박함을
한 자 한 자 또박또박 써내려갔을 비통함
철저한 고립과 단절이 후벼낸
그의 마음에 패었을 절망의 동굴이
참담하다

찢은 노트에 깔끔하게 써내려간
정갈한 필체에 담긴 처연함과
화면 속에서 바라보는
생전의 미소 띤 얼굴이 그렸을
이루지 못한 꿈의 안타까움이
가슴을 옭죄어온다

석관동 캠퍼스에서
바람을 사이에 두고 스쳤을지도 모를

작가 최고은

그가 떠났다

떠난 최고은도

남은 최고은도

마음도 배도 고프지 않는

세상을 살 수 있는 그런 날은

책과 꿈속에서나 가능한 일일까

남편에게 살해당해 밀봉되었다

12년 만에 딸에게 발견된 여인의 죽음과

관측 이래 최대 폭설로 마비된 도시의 뉴스가

텔레비전을 가득 채우는 혼돈의 세상,

그런 세상이 떠나보냈다

작가

최.고.은.

* 최고은 작가가 남긴 유서

버려진 발목구두

이틀 걸린 지방 강의를 마친 자정 무렵
배수구로 쓸려가는 단풍잎처럼 접어들던 골목길 어귀
발에 턱 걸린 버려진 낡은 발목구두 한 켤레
고흐의 그림 속 구두처럼
한쪽 귀퉁이는 해져 구부러져 접혔고
구두끈은 풀어져 지저분한 흙탕물에 담긴 채
까만 갈색으로 변해가고
뒤창은 바깥으로 표나게 닳아 삐뚤하게 기울어졌다
갈색의 구두코에는 어지러운 상처가 가득했고
옆면의 이음새 실밥 몇 풀어져 나풀거렸다
인적 끊긴 자정 무렵
누가 버린 걸까 아니면
술 취한 이가 벗어놓고 간 걸까
누군가의 비틀거리는 시간을 함께했을
버려진 발목구두 앞에 쪼그리고 앉아
만지작만지작했다

버려져도 되는 삶이 어디 있을까

자정이 지난 골목길에

버려진 혹은 벗어놓은

헤진 발목구두 한짝

가만히 집어 들어

아파트 입구 헌 옷 수거함 옆에 가져다 두고

헌 옷 수거함 통에 등을 기대고 한참을 앉아 있었다

어둠 속에서 발목구두가 내 마음을

만지작만지작했다

버려져도 되는 삶은 없는 법이라고

통닭집 사내

아파트 입구 좁은 상가 골목 옛날식 통닭 가게는
일주일이 넘게 문이 닫혀 있었다
개인 사정 어쩌고 하는 종이 하나 붙어 있지 않았다
옆집 어묵 가게 주인 아주머니는
글쎄 내가 아나
젊은 사람이 맥아리가 하나도 없어라며 혀를 찼다

자정이 가까울 무렵 가게 앞을 지나다
나는 가끔 보았다
작은 스탠드 불빛 하나 켜놓은 어둑한 가게 안
왼쪽 다리를 꼬아 오른쪽 장딴지 위에 얹은 채 혼자 앉은
사내
테이블 위엔 빈 소주병 셋과 반쯤 채워진 맥주 잔 하나
옆 부산오뎅집 어묵꼬치 종이컵과 빈 꼬치 셋
그리고 물인지 술인지에 젖은 둘둘 말린 휴지

개업하던 일요일 반값 세일할 때 손님들 보이는가 싶더니
한 달도 채 되지 않아 문을 여는 날보다 닫는 날이 많았다

문이 열린 날도 손님이 보이는 날은 거의 없었다

사내가 느릿느릿 구워낸 '옛날식 통닭'을 사 들고 왔다가

작고 질긴 통닭이 맛까지 없다며 핀잔을 들은 뒤로

나도 선뜻 가게 안으로 들어설 용기가 나지 않았다

가게가 되지 않은 것은 통닭 탓만은 아니었다

마르고 왜소한 사내의 표정은 어두웠고 말이 없었다

통닭을 건네줄 때 맛있게 드세요 한마디 없었다

젊은 사람이 살려는 의지가 없어

어묵꼬치를 들고 가게 쪽을 힐끔거리는 내게

주인 아주머니가 고개를 저으며 말했다

사람들이 어깨를 부딪히며 지날 정도로 좁은 골목길

　널찍한 홀에 대형 벽걸이 텔레비전이 걸린 봉구통닭 체인
점과

　중고등학생들의 단골집인 치킨 꼬치구이 가게와

　학원 마친 아이들과 엄마들의 참새방앗간 부산어묵 옆

　잘 보이지 않는 간판과 어색한 손글씨 메뉴 내건 통닭
가게

낮에는 돌아가지 않는 옛날식 통닭구이 기계 앞에서
밤에는 어두운 가게 안 테이블 위의 소주잔과 어묵꼬치 앞에서
사내는 자주 그렇게 다리 꼬고 앉아 있었을 것이다

처음부터 비틀거리고 주저앉은 삶이 있을까
그 사내도 어느 때까지는 최선을 다해 달렸을 것이다
어디쯤에서 흔들리기 시작한 것일까
사내의 삶은

빈 가게 유리창에 손글씨로 삐뚤삐뚤 써 붙인 메뉴가
어둠 속에서 그 사내를 기다리고 있었다

어떤 통화

사람 사는 기 그렇지 뭐

이래저래 살다 가는 기지 뭐

안됐잖아 인생이

내도 안다 이러다 내가 먼저

희떡 쓰러질 수도 있다는 거

하마도 어떨 때 가슴이 벌렁벌렁하만

이러다 내가 지레 먼저 가지 한다

그러나 뭐 어쩌겠노

이게 내 복인걸

내 복이 가진걸

그래도 혼자 두고 오는데

맘이 요상터라

미운 맘은 다 어데 가고

불쌍한 맘만

내도 미쳤지

그 인간 뭐 이쁜 게 있다고

내사 모르겠다

얼른 가 소주나 한잔 훌 떨어 넣고

그냥 시상 모르고 잠이나 잘란다

낼이면 또 와바야겠지마는

낼은 낼이고

오늘 저리라도 살아 있으니

그걸로 됐다 싶으다

우야노 사는 기 그러니

그거라도 감지덕지해야지

그래 니는 걱정 말그라

아무 걱정 할 거 없다

다 그런 기라

사는 기 다 그런 기라

붐비는 버스 안 앞 앞자리

주름 자글자글한 할머니의 전화 통화

한마디 한마디가 망치처럼 쿵쿵 울렸다

대소변 못 가리고 누운 아버지 곁에

엄마 혼자 두고 올라오던 열차 안에서

내 귀에 울리던 엄마 목소리

쉰이 다 된 아들에게

엄마도 마지막엔 언제나 그랬다

니는 아무 걱정 할 거 없다

다 그런 기라

사는 기 다 그런 기라

뒤적뒤적 전화기를 찾았다.

1984년, 빵가게

'1984년부터 주인이 직접 만든 빵가게'가 문을 닫았다
　자정이 가까울 무렵 물에 젖은 깻잎 모양 흐느적거리며
귀가할 때
　은행 옆 은행나무 맞은편 옛체로 쓰인 하얀 간판 아래
　밝은 조명이 환한 진열장 뒤에서 가게를 지키던 중년의
부부가
　빵가게 앞을 무심하게 지나가는 사람들을 바라보며
　금전출납기 통을 열었다 닫거나
　가게 벽면에 달린 태양 장식 시계를 보거나
　진열장 속 팔리지 않은 가지런한 빵들을 바라보고 있던.
　부산어묵 아주머니는 '오래 버텼지' 했다
　슈퍼마켓의 사내도 '오래 버텼지' 했다
　대형 체인 바게트가 대로변을 점령한 뒤로
　몇 개의 작은 빵집이 들어섰다 사라지고 하던 곳
　어느 일요일 늦은 오후
　주인 남자가 빵 봉지를 내밀며 멋쩍게 말했다
　'오늘 두 번째 손님이세요"

제철소 노동자로 세상에서 내 길을 걷기 시작했던 그해
'1984년부터 주인이 직접 만든 빵가게' 주인도
어딘가 제과점에서 그의 길을 걷기 시작했을 것이다
비틀거리며 흔들리며 필사적으로 이제까지 왔을 것이다
자정이 다 된 어두운 골목을 휘적휘적 걷는 나처럼

오늘도 자정이 가까운 시간 은행나무 앞 골목을 지나며
'1984년부터 주인이 직접 만든 빵가게' 빈자리를 본다

어딘가에서 환하게 불 밝히고 있기를

비틀거려도 멈추지 않는 걸음으로 찾아가
1984년부터 내가 써온 시 한 줄 읽어주면서
1984년부터 그가 직접 만든 빵을 먹을 수 있기를

신기한 눈과 귀

음성이 와 그렇노
뭔 일 있나
귀도 안 좋다 싶은 양반이
귀신같이 알아챈다
아들 목 잠긴 소리엔
방울이라도 달린 겐지

엄마에게 아들 목소리는
늘 뭔 일이 있는가 싶었고
볼 때마다 아들 얼굴은
반쪽이 되어 있었다
아직 남아 있는 게 기적이라며
가끔 타박을 해도
그때뿐

늘 그렇게 뭔 일 있나 싶고
얼굴은 볼 때마다 반쪽이 되는
신기한 엄마의 눈과 귀

두 딸의 아비가 되고 나서야

내게도 그 신기한 눈과 귀가

솟아났다

시간은

내 왼다리 무릎 뼈 언저리에 동면하다

주기적으로 짙은 바나나 우윳빛 독즙을 쏟아내는 한 마리
살모사,

왼쪽 두개골 아래서 오른쪽 귀밑으로 이어진 조준선 어디
쯤 규칙적으로 움직이며,

종종 아주 낯익은 얼굴 혹은 익숙한 이름 까맣게 지워대
는 무심한 와이퍼,

새벽녘 잠든 아이들의 동그란 발뒤꿈치를 만지작거리며

뭉클한 안개 속에 밤을 새던 날들이 그리워 꿈속을 걷는
몽유병,

규칙적으로 피를 정화하라 재촉하며 퉁퉁 붓는 오른쪽 눈
꺼풀,

삼십오 년 동안 천천히 복수를 준비하다

한순간 치명타를 가해온 사구체신염의 치밀한 걸음,

아침 세면대 위에 수북이 쌓이는 머리카락,

서울동이 아기를 서울 올라오던 아빠 나이의 아가씨로

잘 키워준 솜씨 좋고 정 많은 유모,

볼 빨간 아가씨를 희끗희끗한 머리의 중년 여인으로 바꿔

놓은 심술궂은 마녀,

　고장 잦은 노트북의 정기적 포맷,

　정확한 날짜에 어김없이 날아오는 융자금 상환통지서,

　손톱깎이를 부르는 엄지발가락의 양말 구멍,

　사오 년마다 경험하는 좌절과 희망의 선택,

　고치고 또 쓰고 고치고 또 쓰는 강의계획서,

　매주 두서너 번 씩 건너는 청담대교 아래 물그림자,

　뜬금없는 전화를 걸어오는 동창생들의 가뭇한 얼굴과 목
소리,

　수많은 어색한 만남들의 예고 없는 조용한 이별의 송가,

　흙투성이 운동장에서 공을 차던 초등학생을

　중후한 중년의 정치인으로 변신시키는 마술사,

　머뭇거리며 느릿느릿 오르막까지 올라

　내리막 레일을 쏜살같이 달려가는 롤러코스터,

　시간은,

　다시는 돌아갈 수 없게 닫혀버린 과거가 보이는 투명한
유리문,

기쁨과 열정, 회한과 슬픔, 아픔과 고통에

눈물과 한숨이 안개처럼 섞여 있는 쓰디쓴 칵테일,

단 한순간도 내 곁을 떠나지 않지만

영원히 볼 수도 잡을 수도 없는 투명 망토를 두른 내 그
림자

청담대교를 지나며 1

꿈을 꾸었다

낯선 이들의 어깨에 밀리며
생면부지의 사람들 등에 부딪히며
모르는 이들의 까만 뒷머리만 쳐다보며
스쳐 지나는 서로의 체취에 뒤범벅된 채
꿈속 같은 새벽의 몽롱함 속
깊은 강 밑으로 가라앉는
악몽

홀연,
아름다워라
찰나의 순간
물살 위
저 빛!

그날

단 하나의 별만을 남겨두고

하늘의 별이란 별은 다 떨어져

땅 위에 뒹굴고

돌고래들은 무작정 뾰족한 암초를 향해 돌진해

생을 마감하거나

앞다퉈 해변 위로 몸을 던진 채

공기 중에 익사했다

끝없는 고도에서 자유롭게 활강하던 알바트로스는

어두운 산맥 꼭대기 단단한 바위에

빛나는 두개골을 단호하게 부딪혀 으깨며

망설임 없이 사라졌다

동쪽 산맥 정상의 빛나는 빙설이 녹아

산 아래 마을에 죽음의 그림자 가득하고

높은 둑 제방은 쩍 하니 천둥 같은 균열과 함께 무너져

아래 마을은 온통 물바다가 되었다

제비는 하늘 길 위에서 길을 잃고 헤매다

봄의 강물 속으로 곤두박질치며 사라지고

나이팅게일과 종달새들은 너나없이 침묵의 사제가 되고

시인들은 입을 닫았다

온 사원의 촛불이란 촛불은 때 아닌 강풍에 다 꺼지고

종루의 종들은 바람에도 울리지 않았다

난데없는 우박이 하늘을 뒤덮고

지중해의 오랜 사화산에서 검붉은 용암이 솟구쳐

하늘을 잿빛 화산재로 뒤덮었다

적도를 지나 남지나해로 향하던 다국적 화물선은

항로를 잃고 실종되었다

선장의 절박한 마지막 SOS는

어느 곳에도 정박하지 못하고 흩어졌다,

그날

풍경과 범종

가슴속

빈 공간이

크고 깊을수록

바람 따라 울리는

메아리 요란하고

채울 수 없는 공허함이

넓고 깊은 만큼

보여주고 드러내는

허상만 늘어나는 걸까

풍경은

처마 끝에서 요란하지만

한 걸음을 넘기 어렵고

범종은

침묵 속에도

세상 끝 닿을 울림을 품고 있구나

꿈속의 멀리뛰기

지방대학 강의실 뒷산 양지바른 곳에

하늘 잘 받치고 선 나무들로 둘러싸인 가족묘가 있다

공강 시간이면 따뜻한 녹차 진하게 우려

산수유나무 사이 계단을 올라

묘 앞 잔디에 자리 잡고 누워 해바라기를 하곤 했다

햇살에 부신 눈을 가늘게 뜨고 하늘을 보면

비스듬하게 둘러서서 곧 쏟아질 것 같은 나무들 사이로

시시각각 모양 바꾸는 구름들이 지나갔다

가벼운 바람은 무덤까지 내려오지 못하고

나무 꼭대기에서 햇살과 어울리며 옮겨 다녔다

햇살 잘 드는 무덤가 잔디 사이로

어느 날은 노란 복수초가 피었다가

어느 날은 옅은 갈색의 낙엽이 굴러다녔다

햇살에 끌려 깜빡 잠이 들 때면

어린 시절 마을 앞산 말머리 바위 아래

동그랗게 자리 잡은 주인 모를 묏등을 뛰어넘는 꿈을 꾸
었다

달리 놀이터가 없던 아이들은 가방을 팽개치고
묏등을 오르내리거나 주변을 뛰어다니며 놀았다
가장 짜릿한 게임은 말머리 바위에서 뛰어내리기였다
우리는 누가 더 멀리 뛰어내리는가 내기를 하며
위아래로 반질반질 길이 난 묏등 위로
온 힘을 다해 날듯 뛰어내렸다
더러 나뒹굴고 발목을 삐어도 우리는 신이 났다
언제나 나는 가장 멀리 뛰고 싶었지만
말머리는 높았고 묏등은 멀었다
뛰어내리다 지쳐 배가 고프면
지천인 아카시아 꽃을 따 먹고
묏등에 기대 잠이 든 꿈속에서
말머리를 차고 올라 묏등 훨씬 너머로 날아가곤 했다
그때는 몰랐다
삶이란
죽음으로 뛰어내리기인 것
아무리 높이 올라도 묏등보다 멀리 뛸 수 없다는 것
삶과 죽음은 등을 맞대고 있다는 것

지방대학 강의실 뒷산 양지바른 무덤 옆에 누워

해바라기하다 잠이 들면 가끔

말머리에 올라 묏등 너머로 뛰어내리는 꿈을 꾼다

꿈속 말머리와 묏등은 아주 가까워져

더 멀리 뛰어내릴 수 없지만 슬프지 않았다

삶은 멀리뛰기 게임이 아니다

나는 가끔 양지바른 무덤에 누워

나무 사이로 쏟아져 온몸을 감싸는 햇살과

등에 전해지는 흙과 잔디의 온기 속에서

삶과 죽음의 경계에 맞닿아 존재하는 나를 느낀다

나는 이제 꿈속에서도 더 이상

말머리 멀리뛰기를 하지 않는다

자히르*

길은 늘
앞으로만 나 있다 생각하며
걸어야 했던 시간들

휘돌아온 굽이길마저도
앞으로 향해가는 여정이라
걸어온 시간들

길을 잃고
걸음을 멈추다

어둠과 새벽의 경계에서
돌아갈 길을 지우며 보내는 하루

침묵하라
침묵하라

더 깊은 소리를 위하여

나의 자히르여!

* 자히르(Zahir) : 파울로 코엘류에 따르면 자히르는 이슬람 전통에서
18세기에 생겨난 개념으로 우리가 그것에 접하게 되면 점차적으로
다른 어떤 생각도 할 수 없게 되는 일종의 신성함 혹은 광기와 같은
것이다.

나이가 든다는 것

읽었던 책을 다시 읽는 일이 억울하지 않았다

티비에 나온 가수의 노래를 들으며 눈물을 찔끔거린다

딸 또래의 학생들에게 무언가 말을 하려다

그 나이 때의 내 모습과 내 앞에 서 있던 선생을 떠올린다

몸이 불편하면 마음이 누추해진다는 말을 이해하게 된다

주민등록번호나 생년월일을 기록하는 일이 낯설다

어쩌다 사진을 찍고 나면 자꾸 거울을 보게 된다

내 나이보다 아이들의 나이로 세월을 가늠한다

삶과 죽음이 동전의 양면이라는 생각이 껌딱지처럼 진득

하다

계절의 변화가 온몸과 마음으로 쩌릿하다

옆에 누운 사람의 잠든 얼굴이 안쓰럽고 미안하다

아이들의 잠든 모습을 본 지 까마득하다

이십 년 세월을 거슬러 닿은 후배의 몇 마디에

늦은 지하철 안에서 눈앞이 흐릿해지기도 한다

그리고

무엇보다 알게 된다

삶에겐 핑계를 댈 수 없다는 것을
그는 무심하다는 것을
삶에겐 기댈 수도 없다는 것을
그는 어깨를 내주지 않는다는 것도
그것이 사람이 그리운 까닭인 것도

나이가 든다는 것

아이러니

몇 편의 어두운 영화를 연이어 보면서
뿌리 깊고 야비한 어둠과 악의 재현이 끔찍해
스크린 속 세계라는 사실에 안도하다가
같은 스크린이 담담하게 전하는 현실의 뉴스를 보며
영화 속 세계를 외려 그리워한다
틀에 박힌 권선징악 허구의 엔딩이라도 존재하는

이해해, 아빠

아빠, 아빠도 대학교 말고
○○ 아빠처럼 학원 하면 안돼?
중학교 입학한 둘째 은지가 낮은 목소리로 물었다
정확히 말하면 따지듯 요구했다
큰아이는 고등학교 기숙사로 들어가고
엄마까지 처음 일을 나가기 시작하면서
중학교에 들어가자마자 혼자 있는 시간이 많아진
은지는 방문을 자주 닫았고 말이 없었다

나는 얼른 대답을 못하고 왜 그러냐 물었다
○○ 아빠는 학원을 하는데 돈을 많이 번대
아빠도 학원 하면 엄마가 일 안 해도 되지 않을까
나는 답을 못하고 잠깐 머뭇거리다
아빠하고 내일 말하면 안 될까 했다

다음 날, 나는 학교에서 돌아온 은지에게 큰방 앞에서 말
했다
은지야, 미안한데 아빠는 은지 부탁을 들어줄 수 없어

은지가 그렇게 말하는 이유를 모르지 않지만

아빠는 그럴 수 없어

아빠도 일 년 가까이 노량진 학원도 나가고

주말이면 지방까지 다니는 임용고시 강의도 했었는데

그건 아빠 일은 아닌 것 같았어

아빠가 회사 그만두고 공부하러 서울 올라올 때

그런 마음으로 올라온 게 아니었다는 생각을 했어

그래 그건 아빠 인생이 아니야

은지가 이해할 수 없을 거라는 거 알지만

혹시 나중에 은지가 이해해줄 수 있을지도 모르겠지만

이해하지 못해도 미안해

하지만 그건 들어줄 수 없어

그건 아빠에게 맞는 인생이 아니야

아빠는 아빠에게 맞는 인생을 살고 싶어

대신, 최선을 다할게

마지막 말은 왠지 하지 못했다 할 수 없었다

아마 그때 은지도 묻고 싶었을지 모른다

아빠에게 맞는 인생이라는 건 뭔데

그러나 은지는 고개를 떨구며

알았어, 그 말뿐이었다

그날 이후 은지와 나는 두 달 가까이

제대로 이야기를 나누지 않았다

은지의 방문은 닫혔고

나는 가슴이 막혔다

그리고 5월 첫째 주 일요일

카메라에 흥미를 붙여가던 은지가 내 제안을 선뜻 받아들여

둘은 하루 종일 카메라를 들고 인사동을 함께 다녔다

화랑 바닥에 앉아 그림도 보고

그림을 그린 화가와 이야기도 나눴다

쌈지길에서 빙수도 나눠 먹고 사진도 찍었다

커다란 볼록거울에 비친 모습의 사진은 우리 둘 다 좋아했다

돌아오는 길 버스 안에서 은지가 뜬금없이 말했다

아빠, 미안해.
……뭘?
내가 그렇게 말해서, 그리고
이해해, 아빠
……뭘?
아빠가 했던 말

나는 은지에게 뭘 어떻게 이해했는지 묻지 못했다
물을 수 없었다, 그저
응. 고마워, 하며 은지 손을 가만히 쥐었고
은지는 손을 빼지 않았다

은지가 대학 졸업반이 된 지금까지
나는 그때 은지가 뭘 어떻게 이해했는지 한 번도 묻지 못
했다
정말 내게 맞는 인생을 살고 있는 것인지도 나는 아직 잘

모른다

　그러나 그날 이후 내게는 버릇이 하나 생겼다

　문득 길 위에서 눈앞이 아득해 질 때면 나는

　그날 내 손 안에서 꼼지락거리던

　따뜻하고 부드러웠던 조그만 은지의 손과

　은지가 했던 말을 가만히 떠올리며

　혼자 소리내어 말하곤 한다

　이해해, 아빠

　그러면 내 어깨에는 그림 속 천사들보다 큰 날개가 솟아

　페가수스보다 더 빠르게 더 멀리 나를 날아가게 해준다

계단 오르기

아침마다 아파트 계단을 오른다

이십일 층 삼백열아홉 개의 계단을 한 걸음 한 걸음 오른다

처음엔 팔 층과 십오 층쯤에서 멈추고 숨을 골라야 했다

시간이 흘러 열 번쯤 할 수 있게 되었을 때 우쭐했다

그러나 우쭐함과 함께 게으름과 피로가 따라왔다

대여섯 번이 한결같음과 게으름의 경계임을 알게 되었다

내려올 때는 엘리베이터를 타고 내려온다

삼 년쯤 아침마다 아파트 계단을 오르며 배운 게 있다

계단은 하나하나 이십일 층까지 이어져 있다는 것

계단 하나라도 빠트리고 건너뛸 수 없다는 것

얼마나 남았는지 끝을 생각하거나

조금 더 빨리 오르려고 욕심을 내면 그만큼 더 힘들어진다는 것

오르기보다 내려오기가 쉽고 편해서 눈 깜짝할 사이라는 것

힘들 때일수록 바로 지금 내딛는 한 걸음에만 집중해야 한다는 것

바로 그것

지금 내딛는 한 걸음 거기에 모든 게 달렸다는 것

나는 오늘도 한 걸음 한 걸음 계단을 오른다

제2부

사랑한다는 것은

환기

산간지방에 폭설이 내리고
은회색 구름 사이 새벽 햇살이
밤사이 얼어붙은 아파트 지붕 위
눈에 부딪혀 반짝이는 아침

환기를 한다

안방 작은방 문간방 대문까지
문이란 문은 남김없이 활짝 열고
갇혔던 공기를 놓아준다
거실 베란다 부엌 내 방까지
창이란 창 끝까지 모두 밀어 열고
막혔던 공기를 받아들인다

계통 없이 와락 밀려드는 서늘한 바람과
우왕좌왕 두서없이 빠져나가는 눅눅한 공기가
열린 창과 문 밖에서 부딪혀 뒤엉킨다

등과 어깨에 덮였던
시간의 이끼를 툴툴 털어
나가는 공기에 얹어 보내고
들어오는 차고 서늘한 바람에
맨손과 맨발을 씻는다

시간의 더께 털어낸 등 어깨
딱지 떨어진 빈 살갖 아리고
맨살로 바람에 쓸리는 발과 손
마디마디 에이고 시리다

방 안의 공기 한 번 들고 나는 일이
이렇듯 온몸을 아리고 시리게 하는데
마음의 기운 들고 남은!

지붕 위 쌓였던 눈
바람에 쓸리는 겨울 아침
온 방문 온 창문 다 열고

환기를 한다

마음도 같이
열고
닫는다

몸살

사람도 계절도
가고 보내는 시절
마음 먼저
몸이 알았다

가고 보내는데
까닭 없을까
가고 보내는데
까닭 있을까

별.리.세.상.(別.離.世.上.)

뾰족한 돌 조각
온몸 속속 박힌 채
맨바닥 뒹굴며
앓았다

여미지 못한
마음 홀로
뜨겁다

새벽, 비

흐릿한 가로등 아래
비루한 사내

버거운 시간과 멱살잡이하다
텁텁한 울음 컥컥 쏟아내며
비틀거리는
새벽

비 내린다

울지 마
울지 마
어둠 속 곱디고운 별 하나
울고 있나 보다

새벽 비, 마음을 베다

십일월
새벽 비는
벼린 비수처럼
예리했다

단 한 번 스친
곁바람
단 한 번 피하지 못한
빗줄기

단호하게 떨어지는
낙엽
오지게 베인
마음

살갗을 서늘하게 흘러
심장까지 파고든
가늘고 깊은

치명적인
상흔

아
프
게
도
떨
어
진
다

붉고 붉은
단풍잎
하나

자작나무 숲

멀리서

자작나무 숲을 보다

히말라야 얼음 능선을 날아오르는

무수한 새들의 긴장한 깃

죽음의 고원을 지나

삶의 평원을 향해

망설임 없이 날아오르는

타협 없는 수직 상승의

단호한 결의

아득한 과녁을 직각으로 관통하는

결연하고 올곧은 화살

둔탁한 침묵의 대기를 가로질러

그대의 가슴을 향해

직선으로 날아가 꽂히고 마는

굴절 없는 직각 비행(飛行)의

올곧은 투신(投身)

멀리서

겨울 자작나무 숲을 보다

자작나무 숲 사진이 있는 우화

천정 낮은 이층 카페
목조 계단 옆
눈 덮인 자작나무 사진을 보며
여자는 말했다

영혼이 얼마나 가벼워지면
하늘로 오를 수 있을까요

여자의 하얀 목덜미에서
박명(薄明)에 빛나는 가을 숲
자작나무 내음을 맡던
남자는 말했다

돌아보는 마음에
눈물 고이지 않을 만큼
비울 수 있으면

자작나무 숲

미백(美白)의 영혼들은

자작자작 하늘로 오르고

하얀 목덜미를 한 여자는

자작나무 숲 속으로

자작자작 걸어 들어갔다, 홀로

남은 남자에게는

은빛 각질들이 돋아

연어 비늘처럼 반짝였다

빛과 독

봄 새순 돋는
나무 가지 사이
빛이 스며든다

아리다

빛은 독이다

가리고 피해도
마음에 드는 빛은
마음에 스며드는 독

어쩔 수 없다
채울 수밖에
하나 될 때까지
빛이 독이 될 때까지
독이 빛이 될 때까지

봄 새순 돋는

나무 가지 사이

빛처럼

스며든다

독처럼

퍼져간다

그대

가을이므로

누군가는
밤새
이럴 수도 있는 것이다

아파트 입구
나무 아래
소복한 낙엽들

아무도 보지 않는데
아무도 듣지 않는데
한없이 자기 몸 떨구며

사랑해
아니야
사랑해
아니야
사랑해

그럴 수도 있는 것이다

제 몸
제 마음 다 벗고
앙상한 뼈마디 속속들이
다 드러날 때까지
자기 몸 자기 마음으로
비로소 제대로 볼 수 있을 때까지

지하철에서 1

마뜩찮은 만남을 위해 나선 길
지하철 승차장에서 망설이는 걸음
이어폰을 낀 앞선 여인의 목소리는 조금 컸다

"당신 본다니 마음이 설레어요"

당신 본다니 마음이 설레어요
당신 본다니 마음이 설레어요

속으로 몇 번 되뇌다
내 입을 가만히 움직여 따라해본다

당신 본다니 마음이 설레어요

언제였을까
설레는 마음으로 누군가를 만나러 가는 길

설레는 만남을 향한 여인의 지하철은 떠나고

마뜩찮은 지하철은 오지 않는 승차장에서

자꾸 되뇐다

당신 본다니 마음이 설레어요

당신 본다니 마음이 설레어요

사랑한다는 것은

사랑한다는 것은
한없이 너그러워지고 넓어지고
끝없이 이해하고 참고
늘 무슨 일에건 웃어줄 수 있는 것, 이라고 생각하다가

한없이 옹졸해지고 좁아지고
끝없이 궁금해하고 혼자 속으로 묻고
자주 사소한 일에 울컥 화를 내기도 하다가
홀로 돌아 앉아 속앓이를 하는 것, 이란 걸 알게 되는 것
사랑한다는 것은

비루한 섹스의 교훈

일상의 파격은
생경한 진실을 드러낸다

마음이 욕망에 굴복할 때
몸은 욕망을 배반하고

마음이 욕망을 거부할 때
몸은 온 감각 부릅뜨고 달려든다

삶은
시간과의 비루한 섹스

안개 자욱한 길 위에서
따로따로 몸 섞는

마음이여
삶이여

바람에게 2

이제야 알겠다
애초 밖에서 불어오는 바람 아니었다

내 속의 태풍
내 속의 광풍이었다
내 속의 그 바람 따라 웃고
내 속의 그 바람 따라 울고
내 속의 그 바람 따라 노래했다

바람 흐르는 대로
흔들리다 누웠다
다시 일어나며
더러 파이고
더러 곪은 옆구리
깊은 상처를 핥았다
흔들릴 때마다
더 깊게
더 단단히 뻗은 내 뿌리

긁힌 마디마디를 뒤척였다

바람 멈추고
세상 잠들자
비로소 알겠다
내 속에 뿌리내린 그 바람

떠날 수 없는
보낼 수 없는 바람이
내 속에 살아
나를 웃고
나를 울며
나를 노래한다

경전선 열차에서

이맘때였지요
생선 비린내 가득한 경전선 완행열차
차창에 연신 그대 얼굴 그리며
여섯 시간을 달려 닿은
남도의 끝

갯비린내가 어둠보다 더 넓게 덮인 마을
논을 가로질러 낡은 약국 간판이 비스듬히 걸린
지붕 낮은 집에는
방 안 가득 김이 널려 있고
맞은편 야트막한 동산엔 작은 교회가
보일 듯 말 듯 그림처럼 서 있었지요

처음 봐도 낯설지 않은 방에서
깊은 잠을 깬 아침
밤새 내린 눈이 발목께까지 쌓인 논두렁을
사르륵 소리가 나도록 밟으며
안마당으로 들어서듯
그대는 내게 들어오셨지요

내 가슴에는 눈꽃이 피고
그대는 말없이 웃고만 있었지요

얼마 만인지요
여전히 생선 비린내 가득한 경전선 완행열차
남도의 사투리는 넘쳐나는데
나는 그대의 역을 지나쳐 갑니다
철교를 지나며 그대와 함께 걸었던 소나무 숲과
두 도가 나뉘는 얼음 언 강을 보고 있습니다

아름답습니다
내 추억 속의 그대가 아름답듯
어느 차가운 겨울날
진눈깨비 날리는 새벽의 바닷가에서
우리들의 무수한 시간들을 태워
바닷바람에 날리며
그대의 가장 처음 모습만을
가슴에 담았습니다
바람에 날리는 재와

바다 한가운데
철제 다이빙대에 앉아 있던
무심한 갈매기들을
오래오래 바라보고 있었습니다.

이제 곧 기차는 터널 속을 들어섭니다
곧 낯선 역에 도착하겠지요 그리고
우표도 붙이지 않은 이 편지가
낯선 역의 어느 우체통 속에서 실종되듯
나 또한 그대에게서
잊혀지겠지요
그렇겠지요

어느새 차창 밖으로 눈이 내리고
겨울 들판이 넓게 펼쳐진 마을들이
빠르게 지나갑니다
한 시절이 지나갑니다

그대
행복하세요

편협한 내 사랑

나는 그대를 사랑한다, 그러나
나를 버리고 그대에게 갈 수는 없다, 그러므로
나는 그대를 사랑하지 않는 것이다
나를 온전히 버릴 수 없는 내 사랑은 아주 편협하다

두물머리 가는 길

어디건 떠나기는 맞춤인 망우(忘憂)역

열차 문이 닫히기 전 근심은 슬그머니 내려놓고

유난히 늦은 봄 속으로 시나브로 들어서다

겨우내 하얗게 굳었던 강물은

얼었던 손발을 이리저리 휘저으며

아이 별들처럼 달려드는 햇살의 입맞춤과

살가운 바람의 정겨운 사랑으로 분주하다

여적 벗은 몸이 부끄러워 고개를 숙인 강변 버들은

온몸을 이리저리 감추며 저며보지만

짓궂은 바람의 손길에

숨길 수 없는 관능의 나신을 하늘거리며 수줍다

열차가 다니지 않는 철길 위

봄바람에 날려온 사람들이 한 방향으로 봄을 향해 걷고

메말랐던 사지를 뚫고 나오는 싹들로 가려운 나무들은

강바람이 떠미는 방향으로 팔을 다 뻗친 채

봄 햇살에 온몸을 맡긴다

열차는 아픈 고백 없이 무념의 길을 섰다 가고
사람들은 각자의 이야기가 있는 곳에서 타고 내린다

강물이 흐르고
구름이 흐르고

문득 쉼표처럼 불쑥 나타나는 정거장을 지날 때
뒤로 앞으로 가고 오는 모든 시간
머뭇거리거나 당당하게 타고 내리는 모든 이들 사이
주저하거나 흩날리며 흐르고 멈춰선 모든 존재 사이

두물머리 가는 길
그리움은
언제나 그 사이에 있다

황금 나팔

과녁 빗겨
돌맹이에 튕겨 깨지는 화살 하나

제멋대로인 마음 하나 어쩌지 못해
겨울 봄 여름 가을 다 가도록
속으로만 웅웅거렸다

썼다 지우고 찢고 또 찢어
익명의 거처로만 보냈던
속으로 속으로만 향했던
무수한 독백
독백들

늦가을 햇살에
한꺼번에
터져
쏟아져
휘날리며

아우성친다

은행나무 온 가지에
빼곡하다
내 마음의 황금 나팔!

문자놀이

어둠 속 버스를 타고 가다
별도 없는 하늘 바라보다
기억도 나지 않는 누군가
그리워질 때
내 번호로 문자를 보낸다

살아 있니?
하면
살아 있니?
하고

그립다!
하면
그립다!
한다

그래……
하면

그래……
한다

낯선 그리움이 가득할 때

내 안의 내가
내 밖의 내게

그대

새벽에 내려 고향 저수지 제방에 쌓인 첫눈 위로 걸어가던 첫걸음의 발자국처럼

햇살 들지 않는 그늘진 아파트 담벼락 살구나무 가지에 피던 분홍 살구꽃처럼

올림픽공원 언덕 위 파란 잉크 뿌려놓은 것 같은 하늘 아래 홀로 선 나무처럼

오랜 가뭄에 쩍쩍 갈라지던 푸석한 팔월의 땅 위에 후두둑 떨어지던 소나기처럼

내장산 깜깜한 밤 산행길 더듬어 갈 때 멀리서 반짝이던 불빛처럼

새해 아침 정동진 수평선 위로 말끔하게 둥실 떠오르던 첫 태양처럼

초등학교 때 사루비아 따 먹다 교감 선생님에게 맞았던 뺨에 얼얼하던 느낌처럼

철공장 야간의 새벽 졸리던 눈 비빌 때 등 위에 얹혀오던 선배의 든든한 손길처럼

길 잃고 묏등에서 잠든 아들 찾아 횃불 들고 다가오며 '용아' 부르던 아버지의 반가운 목소리처럼

집 떠났던 엄마 이 년 만에 돌아와 문 열고 들어설 때 풍기던 봄바람 같은 분내음처럼

김 내음 가득한 방에서 꿈꾸다 잠 깨었을 때 뽀드득뽀드득 마당에 들어서던 누나의 발자국처럼

삼백 년 소나무 쩍 갈라놓던 그 여름의 번개처럼

내가 좋아하는 나무

크고
곧고
우뚝하고
당당한
나무들도 좋다
그러나,
잔가지 많고 가느다란
가끔 곁가지 옆으로 뻗기도 하고
더러 바람 못 이겨 비스듬하게 눕기도 하고
더러 햇살 이끄는 방향 따라 고개 쑥 내밀기도 하는
차가운 겨울
무더운 여름
옹골차게 견뎌내고
봄이면 어김없이 제 잎 피워내는 나무들
그런 나무들이 좋다
그런 나무들이 겨울을 나는 모습이 좋다

숨 쉬는 나무

과천 미술관 앞에는
바람 없어도
제 힘으로 숨 쉬는 나무가 산다
이른 봄 그 나무 앞 벤치에 가만 앉아
해바라기할 때면
나무는 품 하고 숨을 내쉰다
으쓱하듯 몸을 털며
가둘 수 없는 생명을 뿜는다
애기분 같은 꽃가루가
풀썩 날린다

다 제 힘껏 사는구나

과천 미술관 앞에는
바람 없어도
제 힘으로 숨 쉬고
제 힘으로 날아가는 나무가 산다

길

고개 들어 나무를 보라
어디 길이 있어 찾아가던가
빈 하늘
오히려 가득한 공간
캄캄 땅속
오히려 신비한 세계
그의 뿌리
그의 손 뻗어 내미는 곳
거기가 곧 길
세상의 끝과 시작
주어지는 길은 없다
멈추지 않고 걷는 자가 내며 가는 것
하늘 어두워지고 별 보이지 않거든
고개 들어 나무를 보라

제3부

내 그림자

역설

빛을 향해 갈수록
깊어지는 나의 어둠

미처 몰랐다

그것이
내 삶의 고단함의
무게인 것을

국립병원 가는 길

국립병원 가는 길
경의선 차창 밖

가을 하늘
푸르고 맑다
색색의 가을빛
제각각 화려하다
비껴 든 햇살 무심하다

주름살 늘고 검버섯 가득한
가는 지팡이 하나가 몸 끄는 아버지
꾸벅꾸벅 졸다 놀란 듯 쿨럭이는 헝클어진 엄마
두 분의 겨울 잠바
무겁고 어둡다

맞은편에 앉아
병원 위치 확인하다
숨 턱 막힌다

색색의 가을빛

맑고 푸른 가을 하늘

제 길 가는 경의선 열차

무심하게 비껴드는 햇살

국립병원 가는 길

낯설고 아픈

가을이 한창이다

그가

그가
계단을 오른다

바다에서 불어오는 공단의 바람은 차고
핸드 레일은 아직 머뭇거리는 겨울 한기로 싸늘했다
소통이 되지 않는 동남아 노동자의 어설픈 손짓이
기중기의 레일 바퀴 사이로 어지러울 때
돌아서야 했다, 고
문득 서울 형아가 공단 물탱크 위에 누워
바라보곤 했다던 푸른 하늘이 아늑하게 흔들릴 때
걸음 멈추고 내려와야 했다, 고
안전화가 미끄러져 두 계단을 채 못 가고
몸이 기우뚱할 때 그만 멈췄어야 했다, 고
수신호가 뒤엉켜 서야 할 기중기가 움직이고
뒤를 돌아보던 그의 눈앞에
형아와 함께 따 먹던 붉은 석류 같은 섬광이 번뜩할 때,
그때라도 그만 돌아 내려와야 했다, 고
아늑한 높이에서 내려오지도 못하고
터진 석류알처럼 머리 바닥에 쏟아질 때,

그때라도 그만 그만 멈췄어야 했다, 고
그는 생각했을까.

그가
계단을 오른다
그가
돌아본다

형아
형아
하늘이 파래
하늘이 붉어

푸른 삼월의 하늘이
붉은 사월의 하늘이

보고 싶어

형아

아카시아

이맘때쯤이면 마을은 온통
아카시아 향기로 둘러싸여
사람들의 숨 속에서도 아카시아 냄새가 났다
사택 앞 하나뿐인 최씨네 이발소는
아카시아 나무에 덮여 보이지도 않고
사람들은 아카시아 숲속에서 나와
아카시아 숲속으로 들어갔다
신나는 건 아이들이었다
유난히도 억센 아카시아 나무에
오르지 말라고 아무리 타일러도
한 움큼씩 따서 먹는 사근사근한 아카시아가
매일 먹는 보리밥보다 감잣국보다
훨씬 맛있었던 아이들은
쌀밥처럼 하얗게 달린 아카시아를
배가 부르도록 따 먹으며 어두워질 때까지
아카시아 나무 밑에서 놀았다
밤이면 아카시아 향기는 더욱 짙어져
안개처럼 마을을 뒤덮고

몇 안 남은 젊은이들의 잠들지 못한 한숨 소리가

아카시아 향기보다 더 짙게

마을을 떠돌았다

새벽, 춘천

보이는 것은 모두
안개
보이는 것은 모두
강
보이는 것은 모두
산
보이는 것은 모두
안개와 같은
뿌연 침묵이었다
보이는 것은 모두
우리 안개
우리 강
우리 산, 그리고

도시 한가운데
성조기를 단 헬기가
땅을 두들겨 깨우며
솟아오르고 있었다, 소리치며

눈에 보이는 모든 것은
한 거대한 털투성이 손의
그림자일 뿐이라고

안개도시 춘천(春川)의 새벽은
성조기를 단 헬기의
프로펠러 소리로 왔다

어느 새벽

새벽에 요절한 촉망받던 시인의
유고시집을 읽고 있었다

어둠은 창밖에서 비를 맞으며
연못가를 서성이고
꿈을 꾸는가 버드나무가 가볍게
몸을 뒤채고 있었다, 봄은
꿈속에서도 멀고
하얗게 말라버린 살갗이 가려웠다

물소리의 입자들은 유리를 관통하여
끊임없이 날아들고
나는 한 음악가의 이름을 기억한다
빈민촌 노예 어린이들의 눈동자와
그 어린이들에게 들려주던 첼로 소리와
숨어서 지켜보던 여인의 미소가
기억의 저 켠에서 걸어 나와 어둠 속에 영사된다
유리창 밖의 어둠은

거대한 스크린이 되고

요절한 시인은 지금 내 곁에 있다

"추억을 꿈꾸는 밤이 영원할 수 없음을 슬퍼한다"고

그는 말하고 있다

음악가는

언제까지나 폭풍우 치는 선상에서

바다를 지휘하고 있을까

그 노예 어린이들은 자랐을까

그 까만 눈동자와 첼로의 선율이

시인의 음성과 겹쳐 빗속에 떨고 있다

그리운 건 모두 저 밖의 어둠에 묻혀 있다

버드나무는 다시 어둠의 옷자락을 잡아당기고

어둠은 무겁게 내려 앉아

툴툴 빗방울을 연못에 떨구고 있다

나는 이 밝음 속에 갇혀

추억을 꿈꾸고

다시는 깨지 않을 추억을 꿈꾸고

지금 깨어 있는 사람들은 모두

푸른 수의를 입고 있다

실재 현상

직경 십 센티미터도 안 되는 강철 배관 속으로 보내지는
압력 백칠십 킬로그램 퍼 제곱센티미터의 기름은
핏빛이다
실재 현상이라지만
기막힌 패러독스라 하지 않을 수 없다
가느단 강철배관 속의 핏빛 기름이
오십 톤이 넘는 쇠롤을 굳건히 받치고 있다는 것이
보란 듯 밀어 올릴 수 있다는 것이
그처럼
자유에는 피의 냄새가 섞여 있다는 것 또한
실재 현상이라면
역시 기막힌 패러독스랄 밖에
시간과
공간과
현상을 초월해서
내리누르는 모든 것은
핏빛의 저항을 받는다는 것이
핏빛의 저항에 의해 들려지고야 만다는 것이

작업장에서

야근의 새벽
쇳가루 펑펑 튀는 작업장에서
페인트 칠을 한다
보다 쾌적한 작업 환경을 위해
내일 모레 높으신 분의
환경 검열에 죽어나지 않기 위해
달리 무슨 이유도 없이

엄습하는 졸음과 소음
한 치도 쉼 없는 작업에
밤 내내 만신창이 된
떠지지 않는 눈은 차라리 감고
비틀비틀
칠하고
또 칠하고
내 젊음이 꿈꿀 수 없는 새벽을
짓뭉개듯 칠하고
잠깐 졸음에 흥건히 쏟은

흰색 페인트의 절규를 긁어모으며

눈물 같은 웃음도

웃음 같은 눈물도

뿌릴 수 없는 새벽

또

어느 작업장에선

이 땅의 푸석한 노동의 얼굴들이

밟히고 또 밟히면서도

머지않은 아침을 기다리는 피맺힌 호흡 뿌리며

일어나고들 있겠지

어떤 일요일

또
한 목숨이 떨어졌다
화창한 일요일 오후

회사 입구에 장승처럼 버티고 선
안전 무재해 기록판
무재해 일수
"0"
입사 삼 년이 채 안 된 스물여덟의 목숨이
십이 미터 아래 콘크리트 바닥으로 떨어져
흩어져버렸다
교대 점호 때 주임은 말했다
—안전 수칙을 어기고 안전벨트를
착용하지 않은 본인의 부주의에 의한
사고—라고
우리는 우리의 친구 중의 하나가 아님을
다행으로 생각하면서
신속 정확한 사고 속보를 보고 사인을 하고

안전 위생 일지에 그 사람의 죽음을

형식적으로 기록했다

그것으로

그만이다

살아 있다는 것이 큰 기쁨이 되지 못하고

우리 중의 누군가 죽어갔다는 것 또한 슬픔이 되지 못하는

화창한 일요일 오후

누군가 안타까워하고 있을 것이다

'무재해 오백만 시간'이 이틀 앞두고 깨어진 것만을.

귀향

마을 어귀를 돌아서면 그림처럼 서 있던

세 그루 미루나무가 보이지 않았다

유년의 기억 속을 투명하게 범람하던

사택 앞 커다란 개울은

연탄재와 귤 껍질 빈 막걸리 병이

어지럽게 덮인 채

마을 사람들의 배설물을 받아내고

아이들 몇이 허술한 콘크리트 다리 위에서

비스듬히 박힌 소주병을 향해

돌팔매질을 하고 있었다

산허리를 서너 번은 돌아야 하는 학교까지 태워다 줄

아버지의 야근 퇴근버스를

줄지어 기다리던 사택 앞 공터에는

칠이 벗겨져 군데군데 녹이 슨

게시물 하나 없는 게시판이

십칠 년 전 모습 그대로 박혀 있고

맞은 편 지붕 낮은 다방은 문을 열지 않았다

서로를 기억하지 못하는 사람들 몇이

잃어버린 시간들을 짜깁고 있는
이발소 옆 구멍가게 연탄 난로 옆에서
하릴없이 창에 낀 성에를 닦고 있던 나는
갈 곳이 없었다

이따금씩 낡은 버스가 지나갔다

꿈

마을 앞에는 개울이 흐르고
뒷산 뽕밭에선 부엉이 우는 소리가
그치지 않았다
별이란 별은 다 모여 두런거리는 하늘에선
이따금씩 별똥별이 재 너머로 떨어지고
공동목욕탕 뒷논에선
개구리가 밤을 새워 울었다.
어둠이 오지게 깊어
노석이네 삽살개가 겁먹은 소리로
한움큼 어둠을 풀어헤치면
아버지와 고사리 따로 꼭 한 번 올라봤던
무등산*에선 여우 울음 소리가
전설처럼 들려오고
개울이 굽이돌아 끝이 보이지 않는 마을 입구
신작로에 서 있는 세 그루 미루나무 위에는
온종일 마을을 떠돌던 지친 바람이
선잠을 자고 있었다

사람들은 모두 어둠보다 깊이 잠이 들고

앞산 물탱크 위에 빨간 전등 하나

깜빡거리며 마을을 지켰다

어쩌다 오줌이라도 마려운 아이가

방문을 열고 나서면

온 어둠이 쏟아져 내려 아이가 그만

소리도 없이 울어버리는 그런 밤

사람들은 꿈에 보았다

새로 선 시멘트 공장 시멘트 가루에 덮여버린

웃마을 민씨네 논밭 두고

대처로 밀려나던 뒷모습

긴 그림자를.

*무등산 : 강원도 영월 쌍용에 있는 산.

P시를 추억하며

다시 바람 드센 바닷가 지방도시의
밤거리를 걷고 있었다

이따금
까닭 없이 유쾌한 표정을 한 남자들이
큰 소리로 서로의 이름을 부르며 달려갔다
잘 기억나지 않는 꿈처럼
한둘 낯익은 얼굴들도 지나갔다
흔한 일이었다
이층 건물의 다방에는
여상을 졸업한 개인 사무실의 여급들이
토요일의 산행과
배 나온 사장의 음흉한 웃음과
베스트셀러 작가의 수필집을
커피에 섞어 마시며
시들어가고 있었다
몇몇 사내들은
몰락한 한 철인의 우울에 관해

건성으로 걱정하고 있었다

구석 탁자에서는

목소리 큰 남자와 키 작은 여자가

이별 중이었다

모든 옷가게는 세일을 하고

술집과 노래방은 성업 중이었다

전국 최고 수준을 자랑하는 여관과 교회는

도시의 밤하늘을 관능적으로 밝히고

한 번씩 오고 가는 새마을 열차가 다니는 역은

어둡고

추웠다

작업복을 입은 이 도시의 남자들 몇은

야근 출근버스 속에서 졸고

여전히 몇 개의 가로등은

불이 들어오지 않았다

올겨울에도 이 도시에

눈은 내리지 않았다

여름에 떠난 친구에게서는
아직 아무런 소식도 없었다
또 한 친구는 오늘도 야근이었다
한때의 입맞춤은
이미 흩어진 지 오래지만
우체국 계단에는 여전히
또 다른 기다림들이 있었다
많은 사람들이 떠났지만
누구도 다시 돌아오지 않았다
오직 이 지방도시의 바닷바람만이
여전히 건재했다
바다는 아직 밀물 때가 아니었다
그뿐이었다, 그리고

실종된 발자국들을 찾으며
다소 어둡고 긴 거리를 걸어 바다에 이른
한 사내가
바다 속으로 걸어가고 있었다

버드나무

태풍으로반쯤뿌리뽑힌채넘어질듯기울어져있던연못가
버드나무태풍지나고며칠해다시나서이파리며줄기며뿌
리까지도푸석푸석말라죽어가는걸땅파뿌리묻고지주받
쳐곧추세워주었더니하루하루몰라보게생기돋다바람한
자락스칠때마다푸릇푸릇이파리새로나고밤이면바람따
라스르스르뒤채기도하더니쭈글쭈글한밑둥치위로어쩌
면그리도싱싱한녹색의새줄기솟아나는지솟아나는지.

겨울날의 손톱깎기

한 해의 첫날 눈이 내리고
나는 손톱을 깎고 있었다
겨울의 가장 빛나는 한 부분을 잘라내어
어지러이 날려 보내는 하늘을 보며
살아 있는 동안은 변함없이 뻗어 나올
손톱을 툭툭 분질렀다
눈은 창밖에 떨어져
끊임없이 녹아 보이지 않았다
나는 툭툭 분지른 손톱들을
눈 내리는 하늘 한복판으로 날려 보냈다
내가 날려 보낸 손톱들은 어딘가에서
튼튼하게 뿌리 솟거나 혹은
잊혀지리라
나는 기억하지 못하리라
눈이 녹아 사라짐을 알지 못하듯
언젠가 나이 들어 무료한 겨울날
무심히 손톱을 깎다가
창밖으로 내리는 눈을 보며 그리워하리라

빛나던 내 젊은 날의 하늘 한복판으로
툭툭 분질러 날려 보냈던 손톱들을

한 해의 첫날 눈은 내려 쌓이지 않고
나는 손톱을 깎고 있었다.

바람에게

곧추서서 너를 가르고 싶진 않아

네 힘대로 누르고 넘어가렴

쓰러져줄게

휘어잡는 네 손길 휘두르는 대로

올곧이 휘둘려줄게

꺾으면 꺾여주고

흔들면 흔들려주마

때로는 고요하게

때로는 내 깊은 속 뿌리까지 뽑아버리려는 듯

난폭하게 달려드는 너 바람아

아직도 모른단 말이냐

네 발길 세지면 세지는 만큼

더 맑게

더 창창하게 노래 부르는 뜻을

아직도 모른단 말이냐

바람이 불어오는 곳에 펼쳐진
불일불이(不一不二)의 세계

홍기돈

1. 네 가지 경향으로 구축된 여국현의 『새벽에 깨어』

『새벽에 깨어』는 여국현의 첫 시집이다. 첫 시집은 하나의 경향, 하나의 주제로 수렴하지 않는 양상을 드러내는 게 일반적인데, 아마도 이는 오랜 습작 과정이 한 권의 분량으로 압축되기 때문에 벌어지는 현상이 아닐까 싶다. 시인으로서는 여러 가능성이 혼재하는 자신의 세계가 아직 명확한 방향으로 구축되지 않은 징표라고 이해해도 무방하겠다. 『새벽에 깨어』는 네 가지 경향이 공존하는 면모를 드러내고 있다. 먼저 ㉠ 일상의 긴장 바깥에서 삶의 의미를 넓게 성찰하고 포용해나가는 흐름이 확인된다. 그리고 ㉡ 시인의 시선에 포착된 길 위의 비루한 현실이 반영된 시편들도 적지 않게 포진해 있다. ㉢ 별리의 아픔을 토로하는 시편들도 하나의 경향으로 자리를 차지하고 있다. 또한 ㉣ 시인의 내력 및 처지가

151

제재로 활용된 경우도 하나의 범주를 구성한다.

추측컨대『새벽에 깨어』의 여러 부류 가운데 ㉠ 일상 바깥에서 삶의 의미를 반추하고 있는 시편들은 ㉢과 ㉣ 부류의 시편들보다 나중에 씌었을 터이다. 우선, 첫 번째 시집인 만큼, 상대적으로 완성도가 높다는 사실은 습작의 연륜이 축적된 결과로 이해할 수 있기 때문이다. 또한 의미를 반추하는 행위는 격동하는 감정이나 치열한 갈등 양상으로부터 벗어나서 스스로를 객관화했을 때나 가능해진다. 즉 ㉢에서 드러나는 처절한 긴장·아픔이 어느덧 가라앉고, 결절 단위로 응고된 ㉣의 고난·상처가 승화 가능성을 내장하게 되었을 때 비로소 ㉠ 부류의 시편들이 쓰일 수 있다는 것이다. ㉢의 시편들은 시집의 2부 '편협한 내 사랑'에 배치되었으며, ㉣에 해당하는 시편들은 3부 '내 그림자'를 구성하고 있다. 1부 '걷다, 길'의 시 몇 편을 통해서도 시인의 이력이 문득 드러나기도 한다.

1부의 시편들은 ㉠과 ㉡의 시편으로 구성되어 있다. 시적 성취로 평가하자면, 언어의 압축 및 절약을 통한 효과 창출이란 측면에서, ㉠ 범주가 ㉡ 부류보다 한 걸음 더 나아간 셈이라 할 수 있겠는데, 양으로 보자면 ㉡ 쪽이 보다 많다. 이는 시인이 ㉡의 세계에서 ㉠의 방향으로 나아가는 양상을 드러내는 지표가 될 터이다. 또한 비슷한 시간대에 창작되었다고 하더라도, 여국현은 향후 ㉠ 방향으로 세계를 구축해나갈 가능성이 적지 않으리라 예상할 수 있다. 비루한 현실의 재현이란 상황 타개의 출구를 만드는 무기가 되지도 못하고, 시인 자신의 존재를 웅숭깊게 가꿔가는 방편이 되지도 못한다. 이러한 상황에서 ㉠의 길이 열린다. 지난 시절 치열한 계급 대결의 기록자이자 투쟁가였던 시인들이 보여주었던 변모의 행보는 그러한 선례가 되지 않을까. 『새벽에 깨어』에서 시인이 일단 ㉠ 지점에 기착하고 있다는 판단은 그래서 설득력을 확보할 수 있다.

따라서 이 시집은 ㉠의 의미를 살펴보되, ㉢·㉣의 세계에서 어떠한 경로를 거쳐 ㉠에 도달하였는가를 살펴보는 방식으로 접근하는 것이 적절하겠다. 이에 덧붙여 ㉠과 ㉡이 혼재하면서 빚어지는 양상도 잠시나마 살펴볼 필요가 있다.

2. 현장 노동자가 자연의 분신(分身)으로 나아가는 과정

시집 『새벽에 깨어』의 가장 앞에 실린 시 「화살」 「주목과 바람」에는 시인이 자신의 존재를 규정하는 방식이 잘 드러나 있다. 나(시인)는 누구인가. 「화살」에 따르면 "가장 멀리서/가장 곧고 가장 빠르게 날아온" "무수한 화살을/기쁘게 받아" 들이는 자다. 물론 "진홍빛 단풍나무 사이/무수한 화살들"에서 드러나듯이, 「화살」은 가을햇살을 이른다. 그러한 까닭에 "진홍빛 단풍나무"와 더불어 가을햇살 맞으며 "붉디붉게 물들었다"는 시인은 자연의 절대적인 위력에 포섭된 존재일 수밖에 없다.

「주목과 바람」에서는 어떠한가. 바람은 매 순간 나(시인)를 휘감고 있다. 경건함이 느껴지는 "어둠 속 잠 깬 새벽"은 물론, 이성의 원리가 작동하는 "환한 낮의 거리에서", 한껏 감흥이 달아오른 "사람들 사이 떠들썩한 저녁 환한 불빛 속에서도" 바람은 여전한 까닭이다. 그 바람은 또한 신비하기도 한데, 도무지 "알 수 없는 바람소리"이면서도 "안팎으로 내 몸에 가득"하기 때문이다. 휘감고 도는 신비한 바람을 늘 감지하고 있었던 나(시인)는 "눈보라 세찬 태백산/주목 앞에" 서서야 비로소 바람의 비밀을 깨닫게 되었다.

높은 산 위에서 세찬 바람·눈비 견디며 '살아 천년, 죽어 천년' 꿋꿋하게 버티고 서 있는 나무가 주목(朱木)이다. 이는, 니체식으로 말하자면, 심연에 가닿은 존재의 표상이라 할 만한데, 존재의 심연에 가닿은 자는 어떠한 조건과도 맞대면하여 이를 헤치고 나아가는 과정 가운데 위치하며[생성], 그러한 행위의 연속 속에서 나름의 의미를 구축해나가기 때문이다[정체성]. 이항 대립에 갇히는 법 없이 존재론 층위에서 차이와 동일성의 긴장을 고스란히 끌어안고 있다고나 할까. 물론 여기서 불어 닥치는 '바람'은 형태를 갖지 않는다는 점에서 동일성의 반대 의미, 즉 변화·차이·생성의 조건을 의미하게 된다. 자, 변화무쌍한 바람이 "주목 앞에서 내 이름 부르며" 불어오고 있었으니, 나(시인)에게는 주목의 길을 따를 뿐 다른 도리가 없다. 나(시인)의 선택에 앞서서 기꺼이 순응해야 할 주목(자연)의 세계가 이미 펼쳐져 있다는 것이다.

「화살」「주목과 바람」에서 확인하게 되는 나(시인)는 자연의 분신 (分身)이라 할 수 있다. 다시 말해 나(시인)라는 인간은 통체(統體)인 자연의 부분자(部分子)로서 제시되었다는 것이다. 이는 '나는 생각

154

한다. 고로 존재한다'라는 명제로 집약되는 근대의 인간관에서 멀리 떨어져 있다. 이성의 절대성이 들어설 여지가 없다는 말이다. 주지하다시피, 근대 자본주의 체제를 비판하기는 하지만, 세계를 변혁하겠노라는 과학적 세계관 역시 이성의 절대성에 입각해 있다. 그러한 탓에 과학적 세계관 또한 「화살」「주목과 바람」의 세계로부터 멀찍하게 벗어나 있을 수밖에 없는 처지다. 바로 이 지점에서 주목을 요하는 작품이 「걷다, 길」이며, 3부의 시편들 그리고 이력이 드러나는 1부의 몇 편이다.

먼저 「새벽에 깨어」를 보면, 고등학교 졸업 이후 여국현은 고깃배를 탔던 듯하다.[1] 가정형편으로 인해 대학 진학이 좌절되었을 터인데, 그 좌절은 다음과 같은 절망을 낳고 있다. "무엇도 시작할 수 없을 것 같던/열아홉 절망의 봄/바람에 맡기듯 나를 맡겼던 어두운 바다/집어등 환하게 밝히며 나서서/새벽 어스름을 등지고 조용히 돌아오던 고깃배/위에서 흔들리던 삶은/경건하고 두렵고 눈물겨웠다"(4연) 이후 중공업 노동자로 생계를 이어갔던 양상은 「실재현상」「작업장에서」에서 확인할 수 있다. 물론 "쇳가루 펑펑 튀는 작업장에서" "엄습하는 졸음과 소음"과 맞서며 "떠지지 않는 눈"으로 야근까지 수행해야 했던 그 삶은 퍽이나 고단하였을 터이다. 뿐만 아니라 현장에서 동생의 추락사까지 직접 목도하였는데, 이를 시인은 동생의 머리가 "터진 석류알처럼" 바닥에 쏟아졌다고

---

1 사실을 확인해보니, 고등학교 졸업 후 시인은 대학 진학을 포기하고 바닷가에서 몇 달 살았다고 한다. 좋지 못한 건강 탓에 고깃배를 타지는 못했으나, 새벽마다 바다 위 흔들리는 고깃배를 보며 삶을 떠올렸다고 한다.

표현해내었다(「그가」). 그가 몸담았던 사업장에서는 산업재해가 비일비재했던 듯 또 다른 노동자의 죽음을 전달하고 있기도 하다(「어떤 일요일」).

노동자 시절과 관련된 이들 시편에 놓인 정서는 분노다. 예컨대 「어느 새벽」의 7연 "지금 깨어 있는 사람들은 모두/푸른 수의를 입고 있다"가 이를 드러낸다. 일상의 어떠한 세목도 제거된 채 순응과 저항, 양단간의 결단만이 제시된 상황이기 때문이다. 「실재 현상」에서는 과학적 세계관도 추출할 수 있다. 이는 "가느단 강철 배관 속의 핏빛 기름이/오십 톤이 넘는 쇠롤을 굳건히 받치고 있다는" 사실로부터 시인이 "시간과/공간과/현상을 초월하여/내리누르는 모든 것은/핏빛의 저항을 받는다는 것이/핏빛의 저항에 의해 들려지고야 만다는 것이" 보편 원리라는 주장을 이끌어내는 데서 파악 가능하다. 과학적 세계관의 거대 서사란 계급투쟁에 의한 역사의 전개·발전을 보편 원리로 설정하는 데서 성립하는바, '시간과 공간과 현상을 초월'하는 저 보편적인 '핏빛의 저항'은 계급투쟁일 수밖에 없다. 거대 서사는 이와 같이 계급투쟁을 통하여 계급사회의 종식으로 나아가는 길을 예비해놓았다.

그런데 1989년 베를린 장벽이 무너지고, 1991년 소련이 해체되면서 거대 서사가 회의의 대상으로 급전한 것은 주지의 사실이다. 여국현 홀로 그러한 세계사의 전개로부터 자유로웠을 리 없다. 물론 작업장 노동자 생활을 청산하고 상경 후 공부한 끝에("회사 그만두고 공부하러 서울 올라왔을 때", 「이해해, 아빠」), 이제 시간강사로 지방대학을 떠돌게 되었어도(「버려진 발목 구두」「꿈속의 멀리뛰기」), 경제 상황은 여전히 곤란하였다. 그래서 그는 아빠가 시간강사 대신 학원을 하면 좋겠다는 딸의 나직한 바람에 다음과 같이 답하고 있다. "아빠도 일 년 가까이 노량진 학원에도 나가고/주말이면 지방까지 다니는 임용고시 강의도 했었는데/그건 아빠 일이 아닌 것 같았어"(「이해해, 아빠」) 거대 서사가 예비해놓은 길은 무너져 내렸으나, 경제난을 둘러싼 시인의 곤란은 요지부동 상태인 것이다. 「걷다, 길」은 이러한 상황에서 써내려갈 만한 시편이 되겠다.

"어두운 도시의 거리를/날개 다친 새처럼 허위적거리며" 걷는 모습에서 벌써 하강의 이미지가 선명하다. 일기를 예보하는 "캐스터는 틀렸다"는 진술은 과학적 세계관의 패배를 암시하겠다. 온갖 첨단 장비를 동원하여 구름의 이동 따위를 예측하는 행위는 과학에 입각해 있기 때문이다. 물론 시인 역시 과학적 세계관의 패배에 "예상치 못한 일격을 당한 듯" 당황하는 이들 가운데 하나일 터인데, 한 부류가 자본주의의 흐름에 동참하거나("몇몇은 맞은편 버스 정거장 쪽을 힐끔거렸다"), 다른 한 부류가 애초의 방향을 우직하게 밀고 나갔던 데 반해("몇몇은 결심이나 한 듯 길을 나섰다"), 그는 '어두운 도시의 거리를' 서성거리는 방향으로 입장을 정리한다. 이전에는 "두렵지 않았다/어디로 가는지 알고 걷는 걸음이었고/보이지 않아도 길은 있을 것이었으니" 걸음이 당당했다면, 지금부터는 현실('어두운 도시의 거리')에서 방황하며 길을 만들어 나가야 하겠기에 그 걸음이 위태할 수밖에 없다.

눈앞의 길은 빗속에서 뿌옇고

마주 달려오는 바람은 얼굴을 따갑게 밀어대지만

걷는다

걸어야 한다

또렷하게 보이지 않는 어디로라도

어기적거리며 걷는 걸음으로라도 멈춤 없이

걸어야 한다

가볍고 단호한 걸음으로 걷던 시절이 지났더라도

길이 연이어 길을 내어주던 시절이 지났더라도

—「걷다, 길」 부분

앞서 『새벽에 깨어』의 경향을 네 가지로 정리하였는데, ⓒ 길 위의 비루한 현실이 반영된 시편들은 「걷다, 길」에서 표백된 세계에 대한 시인의 대응 방식이 빚어낸 결과라 하겠다. 나(시인)는 오늘도 어두운 도시의 거리를 서성거리며 비루한 현실과 맞대면한다. 작가는 "이루지 못한 꿈의 안타까움"을 안은 채 "배고픔과 아픔 속에" 죽음에 이르고(「작가의 죽음」), 오랜 시간 성실하게 일상을 영위해가던 소상인의 가게는 "문을 닫았다"(「통닭집 사내」「1984년, 빵가게」)는 사실을 확인한다. "수원역 고가 계단/겨울 찬바람 아래/한 사내/길게 누워" 있으며(「그 사내」), 좌판 벌인 사내는 장사는 애당초 포기해버린 듯 "고개 숙인 채 졸고 있거나/입 벌린 채 잠들어" 있을 따름이다(「길 위의 잠」). 나(시인)가 어두운 도시의 거리 위를 끊임없이 걸으면서 재현해놓은 풍경은 그러하다.

그리고 「걷다, 길」로부터 이어진 또 하나의 방향이 ⓐ의 세계이다. "길은 늘/앞으로만 나 있다 생각하며/걸어야 했던 시간들을"(1

158

연) 뒤로 하고 "길을 잃고/걸음을" 멈춘 「자히르」의 시인을 보라. "침묵하라/침묵하라/더 깊은 소리를 위하여"(5연)라는 자세는 분명 존재의 의미를 추구하는 데로 나아가는 양상이다. 다시 말해 「걷다, 길」에서 「자히르」를 거쳐 나(시인)는 ㉠「화살」「주목과 바람」의 세계에 이르렀다는 것이다. 시집 『새벽에 깨어』의 한 축은 이처럼 ㉢ 모순에 찬 세계에 대해 대항하고자 했던 나(시인)가 ㉠과 ㉡의 양상으로 변모하는 과정을 담아내고 있다.

그렇다면 ㉢ 별리의 아픔을 토로하던 나(시인)의 행방은 어찌 이해할 수 있을까.

3. 바람이 불어오는 곳에 펼쳐진 불일불이(不一不二)의 세계

비루한 현실을 아무리 성실하고 치밀하게 재현한다고 한들 그것은 상황을 타개할 만한 무기가 되지 못한다. 또한 세상에 대해 스스로를 벼려나갈 계기가 될 수는 있겠지만 시인 자신의 존재를 웅숭깊게 가꿔나갈 방편도 되지 못한다. 그런 점에서 주목을 요하는 시가 「꿈속의 멀리뛰기」이다. 나(시인)가 지방대학으로 강의 나간 상황이기는 한데, 여기서는 경제 곤란이 토로되는 대신 ㉠ 일상의 긴장 바깥에서 그 의미를 넓게 성찰하는 면모가 부각되고 있기 때문이다. 지방대학에서 강의가 빌 때 나(시인)는 "산수유나무 사이 계단을 올라/묘 앞 잔디에 자리잡고 누워 해바라기를" 한다.

여기서 산수유나무는 자연에 해당하겠고, 계단을 오르는 행위는 상승을 의미할 테니, 이는 존재의 고양을 예비하는 통과제의의 성격이 다분하다. 과연 계단을 '올라' 선 자리에서 그의 눈에 들어온 광경은 "시시각각 모양 바꾸는 구름들"이다. 물론 이 구름들은 「주목과 바람」에서의 바람에 해당한다.

다시, 나(시인)는 누구인가. 이에 답하기 위해서는, 나(시인)는 자연의 운행에 포섭된 존재이기에, 먼저 자연의 운행에 관해 물어야 한다. "햇살 잘 드는 무덤가 잔디 사이로/어느 날은 노란 복수초가 피었다가/어느 날은 옅은 갈색의 낙엽이 굴러다녔다" 이러한 진술로써 환기되는 바는 자연이 생멸(生滅)이 펼쳐지는 마당[場]이라는 사실이다. 여기에 그대로 포개지는 체험이 바위 아래 묏등으로 뛰어내리며 넘어서고자 했던 나(시인)의 유년 시절 행위이다. "삶이란/죽음으로 뛰어내리기인 것/아무리 높이 올라도 묏등보다 멀리 뛸 수 없다는 것/삶과 죽음은 등을 맞대고 있다는 것" 인간의 모든 행위는 묏등을 건너뛸 수 없다는 점에서, "어느 날은 노란 복수초가 피었다가/어느 날은 옅은 갈색의 낙엽이 굴러"다니는 자연의 장 안에 갇혀 있다. 이처럼 「꿈속의 멀리뛰기」는 「화살」 「주목과 바람」에서 확인할 수 있었던 '통체(統體) 자연－부분자(部分子) 나(시인)'라는 인식이 구축되는 경로를 보여준다.

「꿈속의 멀리뛰기」는 꿈이라는 매개항을 거쳐 진술되었다는 측면에서도 관심을 요한다. 장자의 나비 꿈에서 확인할 수 있듯이, 죽음의 편에서 보자면 삶은 한바탕 꿈일 수 있다. 시인이 장자의 길을 좇아 굳이 꿈을 끌어들인 까닭도 "삶과 죽음의 경계에 맞닿아 존재하는 나를" 드러내기 위해서이겠다. 장자의 나비 꿈이 워낙 널리 알려져서 곧잘 인용되는데, 기실 불교 사상의 기본 사유 방식도 이와 다를 바 없다. 만물(萬物)은 물·불·흙·공기가 인연에 따라 일시 형태를 지었다가 다시 물·불·흙·공기의 4원소로 되돌아가는 운명을 공유한다고 하지 않는가. 이는 『새벽에 깨어』의 ㉠ 계열 시편들을 불교 사상 측면에서 해석할 수 있는 가능성을 제공한다. ㉢ 별리의 아픔을 토로하는 시편들에서 ㉠ 계열로 나아가는 양상은 불교 사상의 측면에서 이해할 때 보다 쉽게 파악하게 된다.

원효의 『대승기신론소』에 따르건대, 진여문(眞如門)과 생멸문(生滅門)은 불일불이(不一不二)의 관계에 놓인다. 범박하게 정리하자면, 일체의 망상·상을 떠난 고요하고 맑은 불생불멸의 세계[眞如]와 분별·집착·번뇌가 일어나고 소멸하는 과정이 반복되는 중생의 세계[生滅]는 같지 아니하므로 하나가 아니요[不一], 각자의 세계는 두 세계의 차이를 통하여 비로소 드러나므로 둘이 아니라는[不二] 말이다. '이것이 있어 저것이 있다'는 연기론은 이를 가리킨다. 또한 원효는 생멸문과 진여문을 바다에 비유하여 설명하는 바, 시시각각 변하는 물결이 생멸문이라면 바닷속 감추어진[藏] 지점에서 진여의 세계가 펼쳐져 있다. 감추어졌기에 진여의 세계를 완전히 알 수는 없겠으나, 우리는 생멸문을 통하여 진여의 일단은 파악할 수 있게 된다.

『새벽에 깨어』에 실린 ㉢ 별리의 아픔을 토로하는 몇 편의 시에서는 불일불이의 인식이 발견된다. 가령 「가을이므로」의 경우, "한

없이 자기 몸" 떨어뜨리는 낙엽에 빗대어 별리의 심정을 펼쳐나간
다. "사랑해/아니야/사랑해/아니야/사랑해//그럴 수도 있는 것이
다"(4, 5연) 절박한 사랑(별리의 순간)에 집중한다면, 삶의 의미란 '아
니야'(사랑하지 않아)라는 부정과 다시 이를 부정하는 '사랑해'의 중
첩된 부정의 긴장 가운데서 펼쳐지는 법이다. 그래서 나(시인)는
"제 몸/제 마음 다 벗고/앙상한 뼈마디 속속들이/다 드러날 때까지
자기 몸 자기 마음으로/비로소 제대로/볼 수 있을 때까지" 부정과
부정을 이어나가고 있는 것 아닌가. 이는 「몸살」에서 "가고 보내는
데/까닭 없을까/가고 보내는데/까닭 있을까"(2연)라는 중첩되는 이
중의 물음으로 변주되기도 한다.

　「두물머리 가는 길」의 두물머리는 이러한 부정의 중첩[물음의 중
첩]을 시각화하는 소재라 하겠다. 두물머리는 북한강과 남한강이
합류한다고 하여 붙여진 명칭이겠고, 북한강·남한강이 합류하는
풍경은 부정의 중첩[물음의 중첩]으로 파악된다는 것이다. "뒤로 앞
으로 가고 오는 모든 시간"이 "머뭇거리거나 당당하게 타고 내리
는 모든 이들 사이/주저하거나 흩날리며 흐르고 멈춰선 모든 존
재 사이"에 놓인다는 진술이 이러한 해석의 근거로 작용한다. 이
시가 「몸살」 「가을이므로」와 다른 점은 별리에 따른 조바심이 가라
앉힌 형국이라는 점인데, 이는 직접적인 감정의 표출이 두물머리
라는 객관사물로 형상을 갖출 수 있을 만큼 심리적 여유가 확보된
데 따른 결과이겠다. 물론 나(시인)도 이를 알고 있어서 그 스스로
忘憂역에 "근심은 슬그머니" 내려놓고 「두물머리 가는 길」로 나섰
다고 표현하였다.

162

여국현은 아마도 「두물머리 가는 길」 어느 부근에서 바람이 어디에서부터 불어오는지 느끼기 시작하였겠다. 이제야 알겠다/애초 밖에서 불어오는 바람 아니었다//네 속의 태풍/내 속의 광풍이었다/내 속의 그 바람 따라 웃고/내 속의 그 바람 따라 울고/내 속의 그 바람 따라 노래했다"(1, 2연) 물론 여기서 읊어지는 바람은 「주목과 바람」의 바로 그 바람이다. ⓒ 별리의 아픔을 토로하던 나(시인)가 ㉠ 일상의 긴장 바깥에서 그 의미를 넓게 성찰하고 포용해 나가는 경향으로 나아간 양상은 이로써 확인된다.

불교 사상의 입장에서 보다 풍부한 울림을 던지는 작품들은 ㉠ 계열이다. 가령 「꿈속의 멀리뛰기」에서 "삶과 죽음의 경계에 맞닿아 존재하는 나를" 느낀다고 진술할 때, 나(시인)는 생멸문을 벗어나 진여문으로 나아가는 양상을 드러낸다. 「길고양이, 울다」는 염화미소의 태도에 다가서 있으며, 불교에서 소재를 취한 「풍경과 범종」에 표출된 침묵과 소리의 관계 또한 시인의 세계 인식 방편을 드러낸다.[2] "풍경은/처마 끝에서 요란하지만/한 걸음을 넘기 어렵고/범종은/침묵 속에서도/세상 끝 닿을 울림을 품고 있구나"(2연) 또한 「겨울, 아침」에서 넓은 유리창을 닦는 행위는 불교계의 수행(修行)을 연상시킨다. 넓은 유리창은 세계를 바라보는 틀, 즉 마음의 비유일 터이기 때문이다. 이 시에서 흥미로운 대목은 2연인

---

2 다만 1연의 진술은 다소 혼란스럽게 다가온다. "가슴속/빈 공간"이 불교에서 말하는 공(空), 실존철학에서의 자기 비움(kenosis)에 가 닿았다면 바람 따라 요란해질 리 없고, 바람 따라 요란하게 흔들릴 "채울 수 없는 공허함"은 "넓고 깊은" 세계로 이어질 수 없으리라 생각되는 까닭이다.

데, 2연은 1~11행이 넓은 유리창을 닦는 모습(행위)의 진술인 반면 12~26행이 깨끗하게 닦인 유리창을 통해 바라보이는 바깥 풍경으로 구성되었다. 수행과 마음의 관계는 행위와 풍경을 통해 유비적으로 펼쳐지고 있는 셈이다.

표제작「새벽에 깨어」또한 만만치 않게 다가온다. 나(시인)는 "열아홉 절망의 봄" 출렁이는 "어두운 바다" "고깃배/위에서 흔들리던 삶"을 살았던 바 있다. 그러한 삶에 대해 스스로 "경건하고 두렵고 눈물겨웠다"고 토로하고 있는바, 아마도 이는 살아나간다는 사실 자체의 경건함, 현실에 대한 두려움, 눈물겨운 자신의 처지에 대응하리라. 그런데 '새벽에 깨어' 잠든 "아이의 발가락을 가만히 잡고" 나(시인)가 문득 떠올리는 것은 어두운 바다 고깃배 위에서의 삶이며, 이제는 바닷속을 유영하기에 이른다.

> 아이들이 어렸을 때
> 잠든 아이의 발가락을 가만히 잡고 있으면
> 그 바다가 전하던 심연의 침묵이
> 웅웅거리며 들려오곤 했다
> 그 소리에 잠겨 유영하다
> 손가락 끝으로 전해지는 온기를 타고
> 그만 아이의 꿈속으로 들어가고 싶었다
> ―「새벽에 깨어」 부분

바다 위와 바닷속의 교통은 시인이 "잠든 아이의 발가락을 가만히"쥐면서 가능해지고 있다. 그런 점에서 시인의 그러한 동작은

164

부처와 중생이 하나라는 부처의 수인(手印), 지권인(智拳印)을 연상시킨다. 먼저 바다의 표면[生滅門]과 바닷속 세계[眞如]의 관계가 작동할 뿐만 아니라, 세파에 시달리는 나(시인)와 세속의 때가 묻지 않은 아이의 관계가 그 위에 그대로 포개지고 있으니, 중생·생멸문은 부처·진여와 하나가 되고 있기 때문이다. 또한 시인이 아이의 꿈속으로 들어간다는 것은 '나(시인) = 아이'의 일치가 허여되는 순간이기도 하다. 물론 수인을 풀었을 때, 이 세상은 다시 고해(苦海)로 펼쳐지게 된다. 그래서 나(시인)·아이의 처지와 현실은 여전히 눈물겹고 두려울 터이다. 하지만 '나(시인) = 아이'의 일치를 체험했던 이는 이제, '열아홉 절망의 봄' 시절과는 달리, 온기를 끌어안고 있다. "경건하고 따스하며 눈물겹고 두렵다/잠든 아이의 맨발을 통해 전해오는 삶은"(7연)

인드라망의 구슬은 서로 비추고 있다고 했다. 살아 있는 존재의 온기는 그렇게 서로가 서로를 비추면서 생겨날 터, 「새벽에 깨어」의 저 온기는 이제 인드라망의 세계로 진입하였음을 드러내는 징표가 되겠다.

4. 『새벽에 깨어』 이후의 길 혹은 꿈

앞서 「꿈속의 멀리뛰기」 「새벽에 깨어」에 등장하는 꿈의 의미를 살펴보았는데, 『새벽에 깨어』에는 이외에도 꿈이 등장하는 작품이 두 편 더 있다. 「청담대교를 지나며·1」의 경우는 악몽이다. 꿈이라고는 하지만, 원자(原子) 단위 개별자들이 피곤에 절어 있는 모습으로 아무런 관계 맺음도 없이 서로 무관하게 충돌할 따름이니, 그 꿈은 우리가 살고 있는 현실이 바로 "깊은 강 밑으로 가라앉는/악몽"임을 드러내기 위한 장치라 하겠다. 이때 '깊은 강'은 우리가 견디어내고 있는 무겁게 침잠하는 시간의 상징이다. "홀연,/아름다워라/찰나의 순간/물살 위/저 빛!"(2연)이라고 하여 시인은 악몽의 탈출구로 자연 세계를 펼쳐놓기는 하였는데, 글쎄, '찰나의 순간' 개시된 광경이 과연 악몽과 같은 현실의 물질성을 그토록 쉽게 '홀연' 감당해낼 수 있을지는 보다 찬찬히 톺아볼 필요가 있을 성싶다.

「길 위의 잠」에서는 좌판 상인의 꿈이 펼쳐진다. 아무래도 그 상인은 고단한 현실보다는 꿈속 세계에 더 취한 듯싶다. "사람들은 힐끔거리며 그의 앞을" 지나칠 뿐이며, 머뭇거리면서 "좌판을 살피기도" 하는 그 "누구도 그의 잠을 방해"하지 못하고 있기 때문이다. "좌판 위 소쿠리 속" 채소며 과일들 또한 "저희들 이야기로" 분주할 따름이다. 그렇다면 좌판 상인은 대체 어떤 꿈을 꾸고 있는 것일까. "길게 혹은 짧게 끊겼다 이어지는/그의 긴 숨결을 따라 걸어가는 길 위에/때로는 푸른 강이/때로는 짙푸른 하늘이/때로는 서늘한 바람이 나타났다 사라지고/강어귀에서 마을까지 한달음에 달려가는 아이/등 뒤로는 무지개가 보일 듯 말 듯 걸려 있다"(5연) 이러한 꿈속 세계에 대해서도 현실의 물질성을 쉽게 감당하기가 어려우리라 말할 수 있다. 그 꿈은 자기위안에 머무를 따름이라는 것이다.

「청담대교를 지나며 · 1」과 「길 위의 잠」은 ㉠과 ㉡의 관점이 쉽게 융합되기 어렵다는 사실을 드러낸다. 이로써 『새벽에 깨어』 이후 여국현의 경로는 ㉠과 ㉡의 길항을 어떻게 봉합하며 나아가는가에 따라 결정되리라는 사실을 알 수 있게 된다. 물론 이는 여국현의 두 번째 시집을 대상으로 삼아 새롭게 논의하면서 확인해 나갈 일이다.

洪基敦 | 문학비평가, 가톨릭대 교수

푸른사상 시선 106

새벽에 깨어